홍어

청소년 001
현대문학선

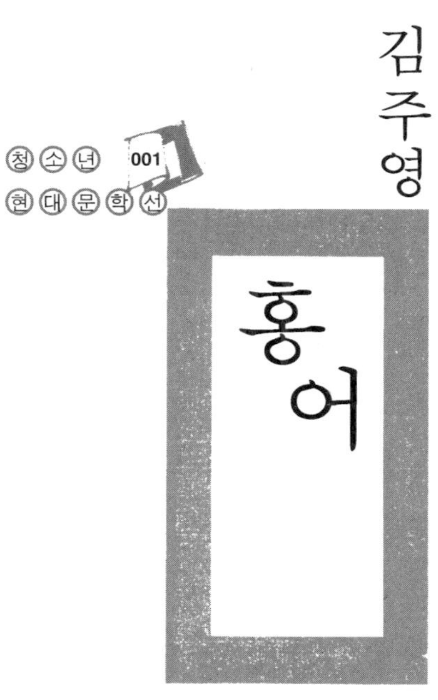

김세현 그림

문이당

•••

청소년 판을 내면서

끊임없이 이동하는 유목민들은 모든 소유물을 몽땅 가지고 다닌다. 비단과 향수, 그리고 씨앗과 소금, 요강과 유골, 하물며 고통과 증오까지도 항상 몸에 지니고 다닌다. 그러나 어디 유목민들뿐일까. 우리 모두의 삶의 모습은 근본적으로 그러하다.

2005년 가을

김주영

1

새벽이었다. 거위털 같은 함박눈이 한들거리며 내리쌓이고 있었다. 날이 밝아 올 무렵인데도, 방 안은 여전히 따뜻했다. 눈이 내리는 날의 아침은 그래서 항상 늦잠을 잤다. 이불자락 저편으로, 집힐 듯 말 듯한 어머니의 숨소리가 들려왔다. 그러나 문밖으로 내리는 눈발은 우리의 숨소리조차 차곡차곡 삼켜 버리고 있는 듯했다.

방 안은 바닷속처럼 고요했다. 시간조차 멈추어 버린 듯한 방 안의 고요가 노곤한 새벽잠을 부추기고 있었다. 방 안은 희미하게 밝았지만, 해는 벌써 오래전에 떴을지도 몰랐다. 그러나 눈 내리는 날의 아침은 오히려 그런 착각의 요술을 핑계 삼아 마을 전체가 코가 비뚤어지게 늦잠을 자게 만들었다.

그때, 어머니의 윗몸이 가만히 이불자락 밖으로 빠져나가고 있었다. 어머니의 자리옷은 옷고름 하나 흐트러진 데 없이 단정한 그대로였다. 나는 들춰진 이불자락을 이마 위까지 끌어당겨 덮었다. 이불자락 밖으로, 어머니의 혼잣소리가 들려왔다.

"세상에…… 밤새 내린 눈이 툇마루를 덮었대이."

어머니의 혼잣소리였으므로 나는 아무런 대꾸도 하지 않았지만, 게으름을 즐길 시간이 얼마 남지 않은 것은 확실했다. 어머니의 혼잣말은 이어지고 있었다.

"지난밤에 니 코 고는 소리가 어찌나 어수선하던지……."

내가 잠든 척하고 있지만, 잠투정으로 게으름을 피우고 있다는 것을 눈치 챈 말투였다. 그런데도 나는 꿈쩍 않고 누워 있었다. 어머니의 말이 전혀 낯설기 때문이었다. 어머니의 짐작대로 잠은 이미 깨었지만, 잠자리에서 코를 곤 적은 없었다. 감각 기관이라면, 어머니와 나는 비교적 예민한 편이었다. 전혀 예상되지 않았던 냄새나 소리라 할지라도 남보다 먼저 알아낼 수 있는 능력을 가졌다는 것은 어머니와 나에겐 다행스러운 일이었다.

그러한 능력을 가질 수 있었던 것은, 어머니와 내가 겪어 온 오랜 단절감 탓이었다. 넓은 집이라곤 할 수 없지만, 담도 낮고 대문조차 허술한 이 집을 지키며 어머니와 나는 13년을 살아왔다. 가난했으므로 겸손과 오만이 함께 가득했던 우리 집은 항상 고요가 가라앉아 있었다. 그 고요함 위로 떠다니는 두려움 때문에 우리는 언제나 남몰래 더듬이를 곤두세우며 살아야 했다. 전혀 예측할 수 없었던 낯선 소리가 미세하게 들려왔을 때, 어머니와 나는 그런 경계심으로 그 소리의 출처와 소리로 비롯되는 그림자까지도 탐지하려 하였다.

그런데 어머니는 지금, 자부심조차 갖고 있는 그 더듬이의 기능에 장애가 생겼다고 말하고 있었다.

나는 결단코 잠자리에서 코를 곤 적이 없었다. 나는 깊은 수면 속에서도 부엌 아궁이의 불길이 방구들 속으로 빨려드는 소리를 들을 수 있었고, 대문 밖의 은밀한 발소리조차 분별할 수 있었다. 내가 코를 골았다면, 수면 중의 자각 증상만으로도 충분히 감지했을 것이다.

정녕 다행스러웠던 그 분별과 판독의 예민함에 장애가 생긴 듯한 어머니를 나는 의아스러운 시선으로 바라보았다. 그러나 어머니는 구태여 등을 돌리고 나를 바라보지 않아도 내 기척을 알아챈 듯 말을 이었다.

"니 코 고는 소리에 잠을 설쳤대이."

어머니는 이미 아니라는 내 속마음을 읽고 있었다. 그러나 염려스러운 얼굴로 당신을 바라보고 있는 등 뒤쪽 아들의 시선은 의식하지 못하고 있었다. 때로는 섬뜩한 탐욕의 시선에서, 혹은 젊은 어머니와 어린 아들이 살아가기엔 적당하기 그지없는 이 조촐한 가난에서, 그리고 오늘 아침처럼 이토록 나른한 평온함과 이별하게 될지도 모른다는 불길한 예감이 다소 강압적인 어머니의 말속엔 담겨 있었다. 그러나 나는 말대꾸하지 않기로 작정하고 말았다.

어머니가 부엌으로 나가기 위해 채비하고 있을 동안, 방 안은 더욱 밝아진 듯 보였다. 얇은 자리옷 사이로 어머니의 흰 살결과 어깨의 가녀린 굴곡이 보였다.

"니도 좀 거들그라."

문을 열려고 애쓰고 있는 어머니의 짜증 섞인 말이었다. 문고리를 양손으로 잡고 바깥쪽으로 밀쳐 내려 애쓰고 있었지만, 툇마루 위에까지 수북하게 내리쌓인 눈 때문에 어머니 혼자로썬 힘에 겨워 보였다. 결국 나까지 거들긴 했지만, 안간힘을 써도 사람이 드나들 수 있을 만큼 문을 열 수는 없었다. 그러나 반도 채 열지 못한 문짝 사이로 펼쳐진 눈세계가 시선에 들어오는 순간, 우리는 말을 잊어버리고 말았다. 전혀 예상하지 못한 많은 눈이 내리고 있었다. 태어나서 지금까지 그토록 많은 눈은 경험한 적이 없었다. 어머니는 등 뒤에 있는 내 손을 더듬어 꼭 쥐었다.

우리는 시린 눈을 훔쳐 가며 하염없는 눈발을 바라보았다. 펑펑 쏟아지는 그 눈나비들을 넋을 빼고 앉아 마냥 바라보기만 했다. 어머니는 다른 한 손으로 자신의 앞가슴을 가만히 움켜쥐었다.

호흡의 주기가 빨라지고 있는 게 분명했다. 그렇게 많은 눈이 쌓였는데도 오히려 가슴속은 텅 빈 것 같은 공허감 때문에 호흡을 제대로 추스를 수 없는 것 같았다. 아니면 문득 착한 이웃들에 대한 염려와 아이들의 운명 같은 것을 생각했을지도 몰랐다. 이상하게도 눈은 발작하거나 포효하고 싶은 아이들의 운명이나 시련을 떠올리게 만들었다. 눈이 발산하는 온화하고도 부드러운 순결성이 철없는 아이들의 시련을 떠올리게 하는지도 몰랐다.

은세계로 채색된 바깥을 바라보며 어머니는 다시 중얼거렸다.

"세상이 이럴 수도 있네."

문창호지 아래쪽 반쯤이 벌써 눈에 젖어 있었다.

"풍년이 들 징조라지만, 눈 아닌 비가 내렸더라면 온 동네가 큰 물난리를 겪을 뻔했제."

나는 다시 이불 속으로 몸을 묻어 버리고 말았다. 밤새 한 길 넘는 폭설이 내렸다면, 길거리에서 자취를 감춰 버린 발자국들처럼 소년인 내가 할 일은 없다고 생각했기 때문이었다. 방 안으로 쏟아져 들어온 차가운 공기 때문에 어머니는 몸을 떨었다. 어머니는 자릿저고리를 벗고 누비저고리로 갈아입었다. 바로 그때 어디선가 코 고는 소리가 들려왔다.

"어무이요, 이 소리 들립니껴?"

그 순간, 코 고는 소리는 금세 꼬리를 감춰 버렸다. 방 안에는 침묵이 흘렀다.

"이젠 눈과 귀 모두가 어두워질 모양이다."

어머니는 방 윗목에 놓여 있는 낡은 재봉틀과 반짇고리를 흘끗 곁눈질하였다. 반짇고리에는 지난밤에 바느질하다 만 옷감들이 쌓여 있었다. 5, 6년이 넘는 삯바느질에 부대껴 온 어머니는 자신의 시력조차 의심하고 있는 것이었다.

사소한 일에도 남다른 눈썰미와 정성을 쏟아 붓는 올곧은 성품 때문에 어머니의 삯바느질 일감은 치다꺼리를 못다 할 만큼 주문이 많았다. 이제 당신의 귀조차 의심하게 된 것은 항상 자정이 가까워서야 잠자리에 들게 만드는 바느질감 때문이란 듯, 재봉틀에 두고 있던 시선을 좀처럼 거두지 않았다.

다시 옷매무새를 추스른 어머니는 부엌으로 나가는 작은 외짝문을 열고 부뚜막으로 내려서고 있었다. 툇마루의 문을 열 수 없었으므로, 당장은 부엌으로 내려가서 부엌문을 열어 볼 심산인 것 같았다.

내가 어머니의 비명 소리를 듣고 발딱 몸을 일으킨 것은 그때였다. 가위에 질린 그 비명 소리는 그러나 명치에 걸린 듯 컥컥 막히고 있었다. 그것과 함께 부뚜막을 헛디딘 어머니가 부엌 바닥으로 나둥그러지고 있다는 것도 충분히 짐작할 수 있었다.

2, 3분 정도의 시간이 흘러간 뒤부터 어머니의 외마디는 들려오지 않았다. 그 대신 어떤 대상을 향하여 위협하는 듯한 목소리로 바뀌어 있었다. 그러나 겁에 질린 그 목소리는 위협당하고 있는 쪽이 오히려 어머니처럼 보이게 했다.

"썩 나가지 못하겠나?"

위협적이라기보다 공허한 어머니의 고함 소리가 발뒤축을 구르는 소리와 함께 들려왔다. 그러나 그때까지도 어머니를 가위 질리게 한 대상이 사람인지 짐승인지는 알 수 없었다.

"이년, 썩 나가지 못하겠나?"

순간, 외짝 문은 부엌 쪽에서 벌컥 열렸다. 그리고 상기된 표정의 어머니는 비로소 자신감에 찬 한마디를 내게 던졌다.

"회초리 가져오그라."

화들짝 놀란 나는 얼떨결에 목덜미 위까지 뒤집어쓰고 있던 이불자락을 놓아 버렸다. 통째로 드러난 내 빈약한 하반신을 본의 아니게 곁눈질했던 어머니의 입가에 한순간 미소가 스쳐 지나가는 듯했다.

나는 엉겁결에 선반 위에 놓여 있던 회초리를 찾아 어머니에게 건네주었다. 어머니의 실랑이가 시작되었다.

밤사이 우리 집 부엌으로 살짝 숨어든 사람은 한 번도 본 적이 없는 낯선 계집아이였다. 계집아이란 것을 알아챈 후부터 자신감을 갖게 된 어머니의 매질은 혹독했다. 그러나 계집아이는 막무가내로 매질을 고스란히 받아들이고 있었다. 급소만 파고드는 매질 따위는 감당할지언정 부엌에선 단 한 발짝도 물러날 수 없다는 태도가 분명했다.

그것을 참고 견디는 저의를 그러나 어머니는 읽어 내지 못하고 있었다. 그녀는 막무가내였다. 어머니 편에서 먼저 지쳐 떨어지기를 바라고 있는 게 분명했다. 그녀에게는 전혀 무의미할 수밖에 없는 어머니의 매질은 언제까지 계속될까.

한 개의 회초리가 따끔한 훈육의 기능이 훼손될 만큼 망가지게 되면, 어머니는 그때마다 나를 불러 새로운 회초리를 마련해 오도록 했다. 적어도 내가 경험했던 회초리 중에 당신께서 손수 마련했던 예는 단 한 번도 없었다. 그래서 때로는 매질을 당할 때보다, 회초리를 마련하러 다녀야 할 때 겪는 공포감 때문에 등에 식은땀이 날 때가 많았다. 그러나 그 회초리는 단출한 가족 구성이긴 하지만 어머니와 나 사이에서 간간이 생겨나는 소원한 거리감을 거의 운명적으로 연결시켜 주는 소도구이기도 했다.

대개의 경우 내가 매질을 당하고 있을 때, 때마침 집 앞을 지나가던 이웃 사람이 달려와서 만류하지 않는 이상, 울음을 터뜨리는 쪽은 언제나 매를 들고 있던 어머니였다. 어머니는 제사상에 떨어지는 촛농처럼 서럽게 흐느꼈다.

울음과 매질의 회오리바람이 지나가고 나면, 어머니와 나는 태풍 속을 무사히 지나온 사람들처럼 망연자실로 천장을 바라보며 목젖에 잠기는 나른한 피곤을 즐기는 것이었다.

말은 언제나 내가 먼저 건넸다. 그러면 어머니는 건네고 있는 내 말과는 상관없이, 그리고 끼니때건 아니건 구애하지 않고 대답했다. "우리 밥해 묵자."

그러나 이번 경우는 달랐다. 매질하고 있는 어머니도 그랬지만, 당하고 있는 그녀 편에서도 울음을 터뜨리는 법이 없었다. 결국 먼저 지쳐 버린 쪽은 어머니였다.

어느 순간, 매질을 멈춘 어머니는 그만 부뚜막에 털썩 주저앉았다. 가슴앓이로 시달림을 받고 있는 어머니는 두 손으로 앞가슴을 뒤틀어 잡고, 목젖으로 치닫는 호흡을 애써 가라앉히고 있었다.

나는 시종 문틈으로 부엌의 그녀를 훔쳐보았지만, 그녀의 얼굴 생김새를 명료하게 알아낼 수 없었다. 그녀가 어머니의 매질은 온몸을 내맡긴 채 견디면서도, 얼굴을 가리고 있는 더러운 포대기만은 흘러내리지 않도록 감아쥐고 있었기 때문이었다. 마침내 긴 한숨 소리가 어머니 입에서 흘러나왔다.

"괘씸한 것, 이런 억지를 부리다이."

키꼴로 본다면, 그녀는 나보다 서너 살 위인 열여섯이나 열일곱 살쯤으로 보였다. 저렇게 숙성하고, 허우대가 멀쩡해 보이는 처녀가 구걸로 살아가다니. 게다가 계속해서 내리는 눈을 피하기 위해 남의 집 부엌으로 몰래 들어와 아궁이 앞에서 얼어 죽기를 모면했다면, 미련이 남고 내키지는 않더라도 엇 뜨거라 하고 서둘러 나가 줘야 할 것이었다. 어머니가 숙성한 계집이라는 것을 알아보고 울화통을 터뜨리고 매질을 시작한 것은 그런 까닭이었다.

바람에 흩어진 눈가루가 부엌 문틈으로 들어와 민들레 꽃씨처럼 푸스스 날고 있었다. 방문 창호지를 후려치는 눈보라도 모래알을 쥐어뿌리는 것처럼 요란스러웠다.

소용돌이치고 있는 하늬바람에 눈갈기*가 흩날리고 있는 것을

* 눈갈기 : 말갈기처럼 흩날리는 눈보라.

눈치 챈 어머니는 쫓기듯 방으로 들어왔다. 어머니의 가파른 숨결은 그때까지도 온전히 가라앉지 않았다. 저고리 앞섶을 틀어쥐고 있는 손도 여전히 떨리고 있었다. 그러나 나는 진작부터 발견하고 있었던 한 가지를 어머니는 지나치고 있었다.

그것은 사람들이 가오리라고 말하기도 하는 홍어였다. 언제나 부엌 문설주에 너부죽하게 꿰어 매달려 연기와 그을음을 뒤집어쓰고 있던 말린 홍어가 보이지 않았다. 하찮은 홍어포 한 마리였지만, 그것이 어머니에겐 내가 아홉 살 되던 해부터 집을 떠나 버린 아버지로 대신될 만한 건어물이었다. 그것이 매달려 있는 자리가 항상 부엌 문설주였기 때문에, 부엌문을 열고 닫는 아침저녁으로 어머니는 좋든 싫든 홍어포와 마주칠 수밖에 없었다.

우리가 살고 있는 산골 마을에서는 거리감조차 가늠할 수 없을 정도로 머나먼 흑산도나 백령도라는 섬 지방에서 잡힌다는 그 이상하게 생긴 고기를 어머니는 항상 부엌 문설주에다 걸어두고 있었다. 넓적한 네모꼴 몸체에 가시가 돋쳤지만 비늘이 없어 유별나게 생긴 데다가, 허연 진액이 묻어 있는 흑갈색의 등허리를 비롯해서 이목구비는 시늉만 했다 할 정도로 오종종하게 박혀 있어 언제나 보기에 혐오감을 자아냈다. 생김새도 흉측스럽고 뛰어난 맛도 없다는 그 홍어를 어머니는 늦여름이나 초가을에 사다가 부엌 문설주에 걸어 두고, 겨우내 말리는 일을 게을리 하지 않았다. 그렇다고 어머니가 그 이상한 고기를 조리해서 먹는 일도 없었다. 다만 습관적으로 그렇게 하고 있을 뿐이었다.

어떤 고장에서는 홍어를 통째로 뜨락에 있는 두엄 속에 한 이틀씩이나 파묻어 잘 삭힌 후, 그대로 먹거나 불에 살짝 그을렸다가 회로 뼈까지 먹는데, 콧등을 톡 쏘는 내음과 곰삭은 고기맛이 진미라 하였다. 또 말리지 않은 홍어를 손바닥만 하게 토막 내어 그대로 찌면 숙회가 되고, 양념과 간을 맞추어 찌면 홍어찜이 된다고 하였다. 아버지가 특히 좋아했다던 이 홍어찜은, 살이 결을 따라 쫄깃거려서 구수하고 듬직한 맛이 일품이라 했다. 작은 홍어는 토막을 내어 고추장아찌로도 먹고 말린 건작 중에서 살짝 말린 것은 숙회나 찜으로 먹고, 바싹 말린 것은 물에 불렸다가 졸여서 밑반찬으로 쓴다는 말도 있었다. 때로는 솜씨 좋은 이웃 여자들이 홍어의 조리법에 대해 침을 튀겨 가며 가르쳐 주기도 하였지만, 듣기만 할 뿐 정작 어머니가 홍어를 도마 위에 올리고 칼질하는 일은 없었다.

그 생선의 이름조차 모르고 있었을 때, 나는 어머니에게 그것이 무엇이냐고 물었던 적이 있었다.

"니는 잘 모르겠지만도…… 바닷물 속에도 새가 있다. 깊은 바닷속을 헤엄치며 사는 큰 새다. 그래서 가오리연이란 게 생겨난 기다."

나는 짐짓 고개를 끄덕였었다. 방 안 시렁 위에 걸어 둔 가오리연과 부엌 문설주에 걸린 홍어와는 그 모양새가 너무나 비슷했기 때문이었다.

나는 음력 정초부터 보름께가 지날 때까지 지치는 법도 없이 겨울 내내 가오리연을 띄우며 살았다. 정월 보름께가 지나서 연을 띄우면 사람들이 고리백장*이라고 놀려 대기도 하였지만, 나는 귀 기울여 듣지 않았다. 연날리기만치 긴장감을 유지시켜 주는 놀이가 겨울철엔 드물었기 때문이었다. 그래서 바람 부는 날이면, 진펄에 개구리 뛰듯 방천둑을 오가며 해 질 녘까지 연을 날리곤 하였다.

하늬바람을 타고 하늘 높이 올라간 연이 한 개의 까만 점으로 보일 때까지 얼레의 연줄을 풀고 나면, 높이에 비례해 가슴이 두근거렸다. 가슴속의 방망이질은 살갗을 파고드는 추위를 깡그리 잊기에도 충분했다. 때로는 얼레의 연줄을 모두 풀어서 까마득한 높이까지 연을 띄울 때도 없지 않았다. 그럴 때면, 대개는 연을 잃어버렸다. 연줄을 끊고 달아나는 가오리연이 깝죽깝죽 턱을 들까부르면서* 먼 산등성이 뒤쪽으로 속절없이 사라지는 모습을 바라보면서, 나는 문득 오래전 우리 두 사람을 버리고 떠나 버린 아버지를 생각하곤 하였다.

날리던 연을 잃어버려도 어머니가 꾸짖는 일은 없었다. 연을 잃

* 고리백장 : 때를 따라 해야 하는 것을 때가 지난 뒤까지 하고 있는 사람을 이르는 말.
* 들까부르면서 : 위아래로 심하게 흔들면서.

었을 때 느끼는 그 낭패의 쾌감을 어머니도 알고 있는 것일까.

어머니는 잠시 바느질감을 밀쳐 두고 새로운 연을 만들기 시작했다. 어머니가 만드는 것은 항상 가오리연이었다. 삯바느질로 단출한 식구의 가계를 위태롭게 꾸려 나가고 있었지만, 연을 만들 재료는 많았다.

어머니는 방 윗목에 쌓여 있는 많은 창호지 옷본들 중에서 한 장을 꺼내 가위질하기 시작했다. 사각형이 되도록 맞춤하게 잘라낸 창호지에다 가늘고 길게 깎은 대나무를 대각선이 되게 세로로 붙였다. 연의 머리 부분에 붙이는 살은 반원으로 휘도록 조정해서 세로로 댄 대나무와 열십자로 교차되게 가로로 붙였다. 그리고 자투리로 남은 창호지를 가위질해서 가로로 댄 대나무 양쪽 끝에 귀를 짧게 달고, 본래의 홍어보다 훨씬 긴 꼬리를 달았다. 그다음, 가로와 세로로 댄 대나무에다 명주실 연줄을 연결시키는 것이었다.

새로운 연을 만드는 일만은 내가 짓조르지* 않더라도 언제나 어머니가 먼저 서둘렀기 때문에 바느질을 핑계로 차일피일 미루는 법이 없었다. 연을 만드는 동안 어머니의 표정에는 생기가 돌았다. 그것이 떠돌이 생활을 하고 있는 아버지에게 던지는 어머니 나름의 기다림이었다는 것은 훨씬 뒷날에서야 깨달았다.

그러나 남다른 눈썰미 때문에, 사람들이 입고 있는 옷매무새를

* 짓조르지 : 몹시 끈덕지게 자꾸 요구하지.

한 번 쓱 훑어보기만 하고도 그와 똑같은 옷 한 벌을 지어 낼 수 있는 솜씨를 가졌다는 어머니가 경황 없었다지만, 부엌 문설주에서 없어진 홍어를 눈치 채지 못했을까.

방으로 들어온 어머니는 한동안 허공을 바라보며 앉아 있었다. 오랜 침묵 끝에 어머니는 나지막하게 중얼거렸다.

"할 수 없제, 눈길이 녹기를 기다릴 수밖에. 하찮은 짐승도 구멍을 두고 내쫓으라 캤는데, 우리조차 눈에 갇히고 말았으이 지라고 달리 방도가 있을라꼬. 짐승도 아인 사람이 뛰어들었으이, 이게 좋은 일인지 나쁜 일인지 알 수가 있어야제."

나는 그때까지 문틈에서 눈을 떼지 않고 부엌의 그녀를 훔쳐보았다. 그녀는 벌써 아궁이 앞으로 다가와 쪼그리고 앉았다. 그러고는 부지깽이를 집어 아궁이의 재를 가만가만 헤집고 있었다. 불씨를 찾아내려는 것이었다.

어머니가 다시 부엌으로 나간 것은 한참 뒤의 일이었다. 부지깽이를 낚아채어 그녀를 부엌문 쪽으로 내친 어머니는 경계심을 늦추지 않으면서, 아궁이에다 불을 지피기 시작했다. 나는 조바심이 일기 시작했다. 어머니의 비명 소리가 또다시 터져 나올 것만 같았기 때문이었다. 그러나 삭정이*를 부러뜨리는 소리와 불길이 타오르는 소리만 들려올 뿐, 어머니의 비명 소리는 끝내 들려오지 않았다.

* 삭정이 : 살아 있는 나무에 붙어 있는 말라 죽은 가지.

태백산 남쪽 막바지 기슭에 자리 잡은 이 마을에 겨울이 닥치면, 언제나 눈 오는 날이 많았다. 밤사이에 많은 눈이 내릴 징조가 보이면 사람들은 잠자리에 들기 전에 자기 집과 가장 가까운 이웃집 사이를 긴 새끼줄로 연결시켜 두었다. 그 이튿날 아침 세상의 높낮이를 없애 버릴 만큼의 많은 눈이 내렸을 땐, 우선 새끼줄을 흔들어 이웃이 무사한지 안부부터 주고받았다. 그리고 오전 내내 그 새끼줄을 마주 잡고 흔들어서, 옹색한 대로 작은 통로를 만들곤 하였다. 그런데 지난밤에 내린 눈은 사람들이 전혀 예상할 수 없었던 일이었다. 뿐만 아니라, 그것을 예견했더라도 우리 집과 안부를 주고받기 위해 연락망을 터놓을 사람들은 없을 것이었다. 아버지가 집을 떠난 이후부터 어머니 스스로 이웃들의 품앗이나 충고 따위를 탐탁지 않게 여겨 왔기 때문이다.

아버지가 집을 떠난 일은 어머니의 자존심에 돌이키기 어려운 상처를 남긴 것이 분명했다. 나조차 아버지가 집을 떠나 타관살이로 전전하고 있는 까닭을 전혀 모르고 있을 만큼 어머니는 입을 다물고 있었다.

살아갈수록 덧쌓이는 것은 회한뿐인데도 아버지에 대한 푸념을 늘어놓는 일이 없었다. 철저하게 입을 다물었다. 가만히 눈물지으며 넋두리를 늘어놓는 모습을 보인 적도 없었다. 아마도 이웃의 경멸이 두려웠기 때문이었을 것이었다. 석고로 빚은 듯 무표정한 얼굴로, 오직 바느질에만 모든 열정을 쏟아 부었다.

아버지의 행방을 애타게 수소문하는 것 같지도 않았다. 겨울이 돌아오면 연 만드는 일은 열심이었지만 몸소 날리지는 않듯이, 아버지 스스로 돌아오기를 기다리고 있음이 분명했다. 어머니의 가슴속에는 그래서 부를수록 부르고 싶은 아버지가 함께 자리 잡고 있었다. 그것은 내게 이래라저래라 아무런 말도 않고 연을 만들어 주면서도 그것을 날리는 일에는 애써 무관심한 척하는 태도에서 읽을 수 있었다.

어머니는 떠나가 버린 아버지를 기다리고 있었고, 나는 보이지 않는 아버지를 기다리고 있었다. 어머니는 당신만 간직하기 위해 아버지의 추억을 내게 말하지 않았고, 나는 그런 어머니를 알지 못했기 때문에 나 혼자만의 아버지를 추억하려 애썼다.

"저년은 저녁 요기까지 든든하게 했을 기다. 아궁이 앞에 앉아서 홍어 한 마리를 몽땅 묵어 치웠드라."

"어무이는 처음부터 알고 있었습니껴?"

"그라머. 내가 그걸 모르고 있었는 줄 알았나?"

"지가 다 묵었다 캅디껴?"

"저년의 몸에서 구린내가 안 나고 비린내가 심하게 나는데, 그보다 더 확실한 증거가 어디 있겠노? 얼굴에 코가 있는 것처럼 확실한 일이다. 도망할 구멍도 없는 딱한 처지란 걸 뻔히 알면서 매질한 까닭이 심심풀이인 줄 알았나?"

드디어 부엌의 솥에서 물이 끓어 김이 세차게 솟아오르는 소리가 들려왔다. 그리고 끓인 물을 덜어 내고, 다시 찬물을 한 솥 가득 채우는 소리가 들려왔다. 내게 주의를 일깨우는 어머니의 목소리가 들려왔다.

"저것을 목욕시킬란다. 자발없이* 문 열면 안 된대이."

어머니가 아버지를 떠올린 낌새는 보이지 않았다. 어머니의 관심이 그것에 집착할 틈조차 없어 보였다. 어머니는 등 뒤의 나를 돌아다보았다. 안도의 표정이 역력했다. 몸을 씻고 있는 그녀의 거동에서 두려움이나 긴장감이 가신 것이 분명하였다.

내게 눈길을 건넨 어머니는 빠른 동작으로 농짝 속을 뒤지기 시작하였다. 그리고 헌옷이긴 했지만, 깨끗하게 세탁해서 보관하고 있던 치마저고리와 내의를 꺼냈다. 어머니가 헌옷들을 챙겨 들고 부엌으로 내려서고 있는데도, 부엌 바닥에 물 끼얹는 소리는 계속되고 있었다. 한참 뒤에 어머니의 분부가 떨어졌다.

"세영아, 퍼뜩 나가 눈 치울 궁리나 해 보그라."

삽 한 자루를 들고 부엌문 앞으로 나서긴 하였지만, 눈앞이 아득할 만큼 내리쌓인 눈더미와 다시 마주치는 순간, 나는 암담했다. 이 눈나라 어느 곳에 다행히 눈이 내리지 않은 별개의 공간이 없는 한, 눈을 치운다는 일 자체가 무의미하다는 것을 어머니는 모르고 있는 것일까. 내 앞쪽에서 치워진 눈은 내 발 뒤쪽에 다시 쌓일 뿐, 그녀를 밖으로 내쫓지 못했던 것처럼, 노동의 성과가 전

* 자발없이 : 참을성 없이 가볍고 방정맞게.

혀 없는 미련한 짓이었다. 오히려 나만 두더지처럼 눈의 수렁 속에 외톨이로 갇히게 되는 신세가 될지도 몰랐다. 그리고 이끼만 무성한 소택지*에 갇힌 물고기들처럼, 산소 부족으로 끝내는 숨이 막혀 헐떡이다가 죽게 될 것이었다.

나는 내키지 않았으므로 다만 삽 끝으로 눈덩이를 긁적거리는 시늉만 하고 있었다. 눈발 너머에서 간혹 사람들의 말소리가 가느다랗게 들려오기도 하였고, 가까이에선 개가 짖는 소리도 들렸다. 우리 집의 안부를 묻고 있을지도 몰랐다.

나는 삽자루를 눈더미 바깥으로 한껏 치켜들고 내저어 보였다. 그러나 아는 체하는 반응은 없었다. 두려움으로 몸이 떨리고 가슴이 뛰기 시작했다. 그러나 한편으로는 겁에 질린 내 모습이 어머니에게 들통 날까 봐서 헛기침으로 뱃심을 위장하곤 하였다. 그러나 나는 이미 어머니의 관심 밖에 있었다. 나직나직한 어머니의 말소리가 등 뒤에서 들려오고 있었다.

"니 고향이 어디노?"

"몰라요."

잠긴 듯한 목소리는 거칠었다. 그러나 그것은 그녀가 우리 집 부엌으로 뛰어든 이후, 끈질기게 계속되던 질문에 대한 최초의 대꾸이기도 했다.

"부모가 살아 있으면, 내가 빌어먹고 살겠어요?"

* 소택지 : 늪과 연못으로 둘러싸인 습한 땅.

고분고분하다기보다는 어머니를 면박하는 말투였다. 한 주먹 쥐어박힌 꼴이 된 어머니는 반은 우는 얼굴로 실소하고 나서 말했다.

"죽은 부모를 들춰낸 꼴이 되어 민망하게 되었다만, 시방 니캉 내캉 통성명하고 있는 거 아이가. 그렇다면, 니 사람 된 근본을 대강 알아 둬야 할 거 아이가. 이름은 뭐제?"

"이름도 잊어버렸는데요."

"점입가경*이라더이…… 가만있자, 오늘이 며칠이드라?"

그녀를 삼례(三禮)라 부르기로 작정한 것은 그때부터였다. 어머니가 처음에 떠올린 이름은 삼래(三來)였다. 그녀가 우리 집 부엌으로 뛰어들었던 날이 음력으로 12월 3일이 되는 날 밤이었기에 붙여 주려 했던 이름이었다. 그러나 이름의 품위를 다시 생각했던 어머니는 '래'를 '례'로 고쳐 부르기로 한 것이었다.

"이름 없는 잡초라고 말들은 쉽게 하지만, 알고 보면 이름 없는 풀이 어디 있겠노. 하찮은 맨드라미꽃도 맨드라미라는 이름이 있제. 하물며 사람인 니가 이름 없이 떠돌아서야 되겠나. 말대꾸도 또렷한 니가 뚜렷이 가진 이름이 없었기에 여태까지 거지로 살아왔제."

어머니는 그녀를 슬하에 거두고 싶은 속셈이 있는지도 몰랐다. 어머니는 항상 모자라는 일손 때문에 고통받고 있었다. 아버지가 집을 떠난 이후 모든 집안 살림을 어머니 혼자 감당해 오고 있었

* 점입가경 : 들어갈수록 점점 재미가 있음.

기 때문이다. 그런 처지에 있으면서도 어머니는, 이웃 남정네들과는 철저한 단절을 두었고, 아낙네들끼리라도 야단스러운 교유를 하지 않았다. 가슴앓이를 하고 있었는데도 지병 하나쯤은 앓아 가며 살아야 하는 것처럼 약도 쓰지 않았다. 그러나 나를 닦달하는 일만은 매우 따끔한 편이었는데, 그것은 아비 없이 자란 버릇없는 자식이란 평판을 들을까 봐서였다.

어머니는 내가 느끼고 있는 못마땅함 따위는 아랑곳하지 않고, 이젠 몸에서 구린내가 싹 가신 그녀를 꼬드겨 방으로 데리고 들어갔다. 그제야 나는 야금야금 발이 시려 왔다. 잔허리 높이로 바라보이는 먼 눈밭에는 한결같이 눈나비들이 흩날리고 있었다. 개 짖는 소리가 간간이 들리고 있었지만, 방향을 정확하게 가늠할 수는 없었다. 나는 긁적거리다 만 삽자루를 내려놓고 그 위에 걸터앉고 말았다.

문득 개 짖는 소리가 요란했다. 그리고 맹렬한 속도로 나를 향해 눈밭 위를 달려온 그 개는 어느새 꼬리를 치며 내 얼굴과 목덜미를 핥고 있었다. 나를 만나면, 항상 길길이 뛰며 반기던 옆집 개 누룽지였다. 녀석은 비린내가 훅 풍기는 주둥이로 계속 내 볼따구니를 짓이기듯 마구잡이로 핥아 대고 있었다. 쉴 새 없이 흔들어 대는 꼬리에서는 눈보라까지 풀썩거렸다. 녀석은 내 행방이 궁금했던 나머지, 아침 일찍부터 우리 집 주변의 눈밭 위를 배회하며 짖어 댄 것 같았다. 나는 눈투성이가 된 녀석을 끌어안아 준 다음 목덜미를 내쳤다. 그러나 녀석은 괄시를 당하고도 내 발치에서 맴돌고 있을 뿐, 멀찌감치 물러나질 않았다. 내 두 다리는 눈밭 속으로 깊숙이 빠져 있었다.

"이 눈을 치우자면, 일꾼들을 동원해야 안 되겠나? 낭패가 났다만, 모두들 자기 집 앞의 눈 치우는 일에도 손을 놓고 있는데, 일꾼을 동원하기가 여의치 않을 기다."

흘끗 뒤돌아보았다. 누룽지의 주인이기도 한 옆집 남자였다. 그와 아버지는 흉허물 없이 사귀던 사이였다. 또 우리 집과 바로 이웃하여 살기 때문에 나를 발견하고 다가와서 걱정해 주는 것이었다. 소스라쳐 꾸벅 인사를 건네자, 그는 물었다.

"어무이께서도 무사하시고?"

"예."

"엄동설한이라, 눈이 쉽게 녹을 것 같지도 않다. 그러나 한 사나흘만 견디면, 이웃 간 길이야 얼추 트이겠제."

나는 다시 눈 속을 허우적대며, 부엌문을 찾아 들어갔다. 누룽지가 내 뒤를 따라왔지만, 옆집 남자는 말리지 않았다. 그의 말을 전해 들은 어머니의 표정이 질리기 시작했다. 앓는 소리를 하며 부엌 바닥의 냄새를 탐지하고 있던 누룽지가 외짝 문 앞으로 가서 부엌 천장이 무너져라 짖어 대기 시작했다. 내가 핀잔을 주었는데도 짖기를 멈추지 않았다. 어머니의 외마디가 들렸다.

"세영아, 그놈의 개 쫓아내그라."

어머니가 작대기를 찾아 치켜들자, 누룽지는 쏜살같이 밖으로 달아났다. 그러나 어느새, 다시 부엌으로 뛰어들어 안방을 향해 맹렬하게 짖어 댔다. 눈에 익숙지 않은 사람이 방 안에 있다는 것을 대뜸 눈치 챈 것이었다. 내두르는 작대기의 위협에 놀라 문밖으로 쫓겨났던 누룽지가 그때마다 눈밭을 휘젓고 다시 부엌으로 뛰어드는 일이 몇 번인가 반복되면서 부엌문에서 뜨락으로 나갈 만한 통로는 저절로 마련되었다.

나는 누룽지가 뚫어 놓은 통로를 따라 밖으로 나섰다. 낡은 기왓장을 갈아 끼울 때를 대비해 항상 추녀 끝에 기대어 세워 두는 사닥다리를 발견하였다. 자꾸만 미끄러져 내리는 발을 가까스로 가다듬으며 지붕 위로 기어올랐다. 끝이 보이지 않는 눈나라가 펼쳐졌다. 때마침 맑게 갠 하늘이 손에 잡힐 듯 지붕의 눈밭 위에 드리워져 있었다.

민들레꽃같이 섬세하게 흐드러진 눈 알갱이들이 저마다 햇살을 되받아 반짝거리고 있었으므로 눈이 금방 시려 왔다. 나는 눈 가장자리로 자꾸만 흘러나오는 눈물을 닦아 내며, 불당그래*로 눈덩이를 추녀 아래로 밀어 내리기 시작했다.

옆집 남자가 자기 집 담 곁에 팔짱을 끼고 서서 지붕 위의 나를 줄곧 지켜보고 있었다. 나는 지붕 용마루에 엉덩이를 걸치고 앉았다.

마을 동쪽으로, 연을 띄우던 방천둑의 흔적이 뭉게구름처럼 기

* 불당그래 : 아궁이에 불을 밀어 넣거나 밖으로 내는 데 쓰는 기구.

다랗게 가로누워 반짝거리고 있었다. 그 아래로 흩어져 있던 작은 연못들은 물론, 번성하던 파란색의 물이끼도 사라지고 없었다. 나는 눈나비들이 삼켜 버린 그 물이끼들을 다시 게워 내는 일이 없기를 빌었다. 그리고 한 마리의 홍어가 그곳에서 마음껏 산소를 들이켜고 오래도록 헤엄치며 살 수 있기를 바랐다. 숨을 고르고 있던 나는 사닥다리를 내려가기 시작했다.

사흘이 흘러갔는데도 밖에 쌓인 눈은 좀처럼 녹을 줄 몰랐다. 눈이 내리기가 바쁘게 매서운 추위가 들이닥친 까닭이었다. 적요와 평온이 다시 우리 집을 찾아왔다. 재봉틀 소리가 들려오기 시작했다.

따뜻한 방 안에는 새 옷감들을 들썩거릴 때마다 풍기는 신선한 내음이 설핏 괴기 시작했다. 돌아가던 재봉틀이 간간이 멈추는 사이, 삼례와 도란도란 얘기를 나누는 어머니의 목소리는 어느 때보다 편안하게 느껴졌다.

눈이 내린 이후, 어머니의 태도는 더욱 조심스러워졌다. 아버지와 절친한 사이였던 옆집 남자의 주선으로 일꾼들이 우리 집 앞의 눈을 치워 주었을 때도, 어머니는 거의 아는 척을 하지 않았을 만큼 냉담하게 절제된 모습을 보여 주었다.

어머니는 바느질이 끝나면, 오직 삼례의 동상을 돌보는 일에만 집착하는 듯 보였다. 연뿌리를 짓찧어서 손바닥만 한 크기의 부침개처럼 만든 다음, 식초로 씻어 낸 환부에 발라 주거나, 생강즙을

달여 고약처럼 발등에 발라 주는 일을 조금도 지겨워하지 않고 아침저녁으로 반복하였다.

저녁 이내*가 희뿌옇게 내려앉은 지도 오래전 일이었지만, 눈나라의 밤은 섣불리 어두워지지 않았다. 오히려 낮보다 더 밝은 듯한 시퍼런 밤길이 골목 안쪽까지 쌓여 있는 눈밭 위로 속살을 드러낸 채 누워 있었다.

동상 치료가 끝나 갈 무렵인 어느 날 밤, 뽀드득거리는 발짝 소리를 죽여 가며 이 집 저 집을 기웃거리던 삼례가 뒤따라가는 시늉만 하고 있던 내게 손짓하였다.

그녀가 표적으로 삼고 있는 집은 지은 지가 꽤 오래된 초가였다. 오래된 초가는 한 해의 추수를 끝낼 때마다, 볏짚 이엉으로 지붕을 덧씌웠다. 그래서 처마에 실려 있는 볏짚의 두께가 껑충할 뿐 아니라, 구새 먹은* 통나무처럼 구멍 뚫린 곳이 많아 혹한을 건너가야 할 새들이 보금자리로 삼기에 알맞았다. 더욱이나 굴뚝이 처마를 스치며 가로질러 올라간 볏짚 구멍에는 당연히 새들이 깃*을 틀고 있었다. 그곳이 새들에게도 따뜻했기 때문이었다.

우리는 그 초가의 뒤꼍으로 숨어들었다. 흙벽을 뚫어 낸 작은 봉창으로 초저녁 불빛이 흘러나오고 있었지만, 한동안 귀를 기울

* 이내 : 해 질 무렵 멀리 보이는 푸르스름하고 흐릿한 기운.
* 구새 먹은 : 속이 썩어서 구멍이 난.
* 깃 : 둥지.

여 보아도 사람의 말소리는 들려오지 않았다. 식구들은 등잔을 켜 둔 채로 밤 나들이를 간 모양이었다. 방에 인기척이 없다고 짐작한 우리의 거동은 좀 더 대담해졌다. 삼례는 굳이 발소리를 죽이려 들지 않았고, 나는 까닭 없이 쿡쿡 웃기 시작했다.

굴뚝을 발견한 삼례는 그 처마 아래에 이르자, 나를 향해 상반신을 기울였다. 그리고 손으로 자신의 어깨를 가리켰다. 나더러 무동을 타라는 것이었다. 처마의 높이가 실망을 안길 만치 높지는 않았지만, 우리 둘 중 한 사람의 키로는 볏짚 구멍 끝까지 팔을 집어넣기에 역부족이었다. 발뒤꿈치를 들어 처마 끝머리까지는 가까스로 손이 닿는다 할지라도, 놀라서 발버둥칠 새들을 놓치기 쉬울 것이었다.

나를 어깨 위에 올린 삼례는 이를 악물며 상반신을 곧추세웠다. 나는 반사적으로 두 다리로 삼례의 목덜미를 죄어 끼웠고, 나도 모르게 그녀의 얼굴을 두 손으로 감싸안고 말았다. 그런데 아래쪽에서 비명에 가까운 외마디가 들려왔다.

"이 촌놈의 새끼야, 눈을 가리면 난 어떡하니?"

소스라친 나는 삼례의 눈두덩을 가리고 있던 손바닥을 얼른 쳐들었다. 내 몸무게에 부대낀 삼례가 발을 헛디디며 휘청거렸고, 내 두 팔은 허공을 짚고 허우적거렸다. 그 순간 내 시선은 또 다른 은세계가 펼쳐진 것을 보았다. 밤빛 아래로, 고요조차 가라앉은 그 밤빛의 설원 위로, 나는 순간적이나마 날아가고 있다는 꿈을

맛본 것이었다. 이마를 스치는 신선한 바람은, 어느새 내 마음 깊숙한 곳까지 스며들었고 홍어의 그것보다 더 크고 투명한 날개를 겨드랑이에 달아 주었다. 나를 몸 달게 면박하고 있는 삼례의 목소리가 들려오기까지 짧았던 그 순간에도, 설원 위를 날았던 나의 비상은 끝 간 데 없이 길었다.

"니 거기서 뭐 하고 있노?"

내 사투리를 흉내 내어 앙칼지게 쏘아붙인 삼례가, 위로 치켜뜬 눈으로 나를 보았다. 휘청거리던 삼례의 발짝이 처마 도리*에 있는 볏짚 구멍 가까이로 다가서는 찰나, 나는 한 손으로 얼른 처마 끝을 낚아챘다. 그와 함께 삼례도 중심을 되찾아 허리를 꼿꼿하게 세우고 섰다. 주저하고 있을 사이도 없이 얼른 새집 구멍 속으로 손을 집어넣었다. 촉각이 곤두설 대로 곤두선 손을 야금야금 밀어 넣고 있었으나, 손끝에 얼른 와 닿는 것이 없었다. 초조해지기 시작했다. 덜컥 두려움이 앞서기도 했다.

그 순간이었다. 큼직한 무엇이 손끝에 물컹 하고 와 닿았다. 물컹할 뿐만 아니라, 꿈틀하는 것 같기도 했다. 간이 툭 터질 것같이 놀란 나는 볏짚 구멍에서 와락 손을 빼 버리고 말았다. 겨울잠 자던 구렁이는 아니었을까. 등골을 칼날로 긋는 듯 오싹했던 그 순간, 나는 보았다. 검은 돌처럼 생긴 한 마리의 작은 새가 날개를 퍼덕이며 허공으로 날고 있었다. 그러나 새는 갈피를 잡지 못하고

* 처마 도리 : 처마 끝의 서까래를 받치기 위해 기둥 위에 건너지르는 나무.

갈팡질팡이었다. 눈 덮인 지붕의 물매*를 따라 팔매질한 돌처럼 일직선으로 날아가는가 하였더니, 곧장 지붕마루 위로 꽂혔다. 땅에 떨어진 새우가 튀듯, 눈 위를 뒹굴던 새는 그러나 곧장 방향 감각을 되찾아 먼 하늘 저편으로 날아가 버렸다. 우리는 넋을 뺀 채 허공으로 시선을 박고 있었으나, 새는 다시 돌아오지 않았다. 연을 날려 보냈을 때보다 더욱 애틋한 후회와 허탈이 가슴에 남았다. 새가 날아다니는 동물이란 것을 그때처럼 섬뜩하게 느껴 보기는 처음이었다.

"놓치긴 했지만, 새는 얼마나 속 시원할까."

그때까지도 시선을 허공에 박고 있던 삼례가 혼잣소리로 중얼거렸다.

"아비 새는 날아갔지만 어미 새는 아직 있을 거야. 너에게 시켰던 내가 바보지."

흥분한 삼례가 새를 놓쳐 버린 내게 주먹질을 할 것이란 예상은 빗나갔다. 나를 내려놓은 삼례는 그대로 눈밭 위에 앉아 오줌을 누고 있었다. 눈밭을 파고드는 오줌 줄기 소리가 옷감을 찢는 소리처럼 앙칼졌다. 그녀는 가랑이를 벌리고 앉은 자세 그대로 내게 말했다.

"저기 있는 지게 이리 끌고 와."

담벼락에 기대 세워진 지게는 눈 속에 반쯤 묻혀 있었다. 나를

* 물매 : 지붕의 비탈진 정도.

다시 무동 태우는 대신 삼례는 굴뚝에 기댄 지겟다리를 밟고 올라섰다. 그녀의 손놀림은 민첩하고 침착했다. 그녀는 우선 구멍 속에 있는 볏짚 부스러기부터 차근차근 밖으로 긁어 내고 있었다. 시꺼멓게 썩은 볏짚 부스러기들이 시큼한 냄새를 풍기며 우수수 아래로 떨어졌다. 삼례는 견대팔*이 처마 도리에 묻히도록 손을 구멍 속 끝까지 밀어 넣고 있었다. 오랜 시간이 흘러간 것 같은데도 그녀는 얼른 새를 잡아내지 않았다. 삼례는 자신의 손끝에 와 닿는 무엇과 교감하는 듯했다. 드디어 삼례가 말했다.

"이거 받아. 너무 꼭 눌러 쥐면 안 돼. 심장이 터지면 금방 죽으니깐."

나는 그녀가 조심스럽게 넘겨 주는 새를 두 손으로 감싸서 받았다. 새는 온몸으로 소리 내어 울고 있었다. 파르르 떨고 있는 새가 내뿜고 있는 옹골진 체온은 손바닥이 뜨거울 정도였다.

"실꾸리 이리 가져와."

삼례는 날렵한 솜씨로 새의 다리에 연실을 잡아매었다.

"날려 봐. 달아나진 못할 거야. 네가 띄우는 연보다 몇 배나 더 멀리 더 높이 날 거다. 그깟 연이 대수겠어."

그러나 나는 역시 두 손으로 새를 감싸 쥐고 있었다.

"촌놈, 겁먹었잖아. 날려 보내기 싫거든 집으로 가. 이쯤 되면 내가 널 끌고 도망간 줄 알고, 네 엄마 눈이 뒤집혀 버렸을 거다."

*견대팔 : 어깻죽지와 팔꿈치 사이의 부분.

그러나 우리가 집에 당도했을 때, 불 켜진 방 안에서는 재봉틀 돌아가는 소리가 고즈넉했다. 부엌의 외짝 문에는 보리밥 익는 냄새가 설핏했다. 날리지 못하고 돌아온 연에 대해서도, 새집 털기에서 잡은 참새에 대해서도 어머니는 별다른 관심을 보이지 않았다.

"밥이 뜸 들 때가 되었다. 나가 보그라."

바느질이 잘못된 치마폭의 실밥을 후드득 뜯어 내면서 어머니가 말했다. 그리고 삼례가 부엌으로 나간 사이 도장방* 문을 열어 보며, 어머니는 침울한 목소리로 말했다.

"또 눈이 오네. 새도 하늘님이 지펴 준 목숨이다. 날려 보내그라. 그 새는 성질이 급해서 니가 붙잡고 있으면, 모이를 줘도 먹지 않고 이틀이 못 가서 죽을 기다. 날아다니는 짐승은 날아다니며 살도록 놔둬야제. 그래야 지레 죽지 않고 지 신명껏 살다가 죽는 법이제."

그런 후 어머니의 침묵이 두렵기 시작했다. 그러나 늦게 돌아온 까닭에 대해 변명을 늘어놓는다는 것은 내키지 않았다. 오히려 그것이 화근이 되어 이 평온을 깨뜨려 버릴 수 있기 때문이었다. 어머니가 먼저 물어볼 때까지 기다리자는 심산이었다. 그러나 재봉틀 돌아가는 소리는 밤늦도록 고즈넉했다. 그러던 어머니가 나를 들깨운* 것은, 새를 날려 보내고 잠든 지 서너 시간이나 되는 한밤

*도장방 : 부녀자가 거처하는 방.
*들깨운 : 요란스럽게 흔들어 깨운.

중이었다. 어머니는 가까스로 눈을 뜬 내게 텅 빈 안방 아랫목을 가리켰다. 따뜻한 방에서도 오그린 몸을 다시 꼬부려야 가까스로 잠드는 버릇이 있던 삼례가 보이지 않았다.

"측간에 간 지 한 식경*이나 되었는데…… 흔적도 없대이."

한밤중에 삼례가 집을 나간 것이었다. 그러나 발자국을 따라가 보라는 어머니의 말을 나는 챙겨 듣지 않았다. 그것은 삼례가 가졌던 그 깜찍한 지혜를 짐작하지 못한 말이기 때문이었다. 초저녁, 우리가 그 초가에서 새집 털기를 하고 막 나서려 할 때였다. 삼례는 서둘러 고무신을 앞쪽이 뒤로 가게 돌려 신고 나를 들쳐 업었다.

나는 우리 등 뒤로 남는 발자국을 돌아보았다. 다식판*으로 꼭꼭 눌러 찍은 듯 눈밭 위로 선명하게 남는 그 발자국들을 보면, 세 사람이 집 안으로 들어간 흔적은 있어도 밖으로 나간 흔적은 없었다. 그녀는 한길로 나와서야 나를 내려 주고 신발을 바로 고쳐 신었다.

그러나 어머니의 짐작이나 내 짐작 모두가 빗나가고 말았다. 눈밭 위에선 그녀가 집을 나선 흔적은 물론, 들어온 흔적도 찾아낼 수 없었다. 지난번의 눈처럼 끔찍스러운 폭설은 아니었는데도, 한

* 식경 : 밥을 먹을 동안이라는 뜻으로, 잠깐 동안을 이르는 말.
* 다식판 : 녹말, 콩, 송화, 검은깨 등의 가루를 꿀이나 조청에 반죽한 다식을 박아 내는 틀.

길까지 나서는 동안 그녀의 발자국은 전혀 찾아낼 수 없었다. 허공에선 회색 눈발이 간간이 날리고 있었다. 그녀는 분명 날아간 것이었다. 나 때문에 집에서 쫓겨난 그 새처럼, 삼례도 어디론가 날아가 버린 것이 분명했다. 두 사람의 발자국을 세 사람의 발자국으로 만들 수 있는 지혜가 있었다면, 민들레씨처럼 가볍게 날아 큰 산등성이를 넘을 수 있는 지혜까지도 가졌을 만하였다.

나는 수없이 날려 보낸 연들을 생각했다. 앞머리를 깝죽깝죽 키질하며 까마득하게 뒷걸음쳐 사라지던 연들은 언제나 나를 비웃는 듯했다.

나는 갈피를 잡을 수 없었다. 어디론가 간다는 일이 절벽과 마주친 것처럼 아득하기만 했다. 그러나 가야 하는 것이 삼례의 행방을 찾아 나선 내가 해야 할 일이었다. 그런데 그런 조바심에 시달릴수록 나는 갈 곳이 없었다. 나는 산꼭대기에 오른 늑대처럼 턱을 쳐들고 하늘을 보았다. 울어 버리는 해결책이 있긴 하였다. 그러나 이제 열세 살이 된 나에겐 비겁한 일이었다.

바로 그때였다. 어디선가 거칠게 몰아쉬는 숨소리가 빠른 속도로 다가오고 있었다. 내 두 다리를 감으며 엎어질 듯 와서 안기는 것은 옆집 누룽지였다. 그러나 누룽지가 가진 본능적인 지혜 역시 이 눈 속에선 쓸모가 없었다. 마을에서 풍기던 모든 냄새가 눈 속에 묻힌 지 오래되었기 때문이었다.

누룽지는 때때로 주둥이를 내 바짓가랑이에다 비비곤 하였다.

그렇게 누룽지와 나는 서 있었다.

나도 모르게 눈물이 흘러내렸으나 가슴속은 더없이 편안했다. 한밤중을 지내고 있는 마을은 땅 밑으로 침몰해 버린 것처럼 고요했다. 아니, 소택지에 있는 물이끼들 아래로 가라앉고 있는지도 몰랐다.

한 마리의 홍어가 앞머리를 날개처럼 출렁이며 헤엄치고 있을 그 소택지의 개흙* 위로 가라앉고 있을지도 몰랐다. 홍어는 수심이 3백 미터 가까운 깊은 바다에서도 인어의 지갑이라고 부르는 주머니에다 스스로 알을 낳아 보관할 만큼 질긴 생명력을 가지고 있었다. 그렇다면 아버지도 살아 있겠지.

문득 등 뒤에서 발짝 소리가 들렸다.

"니 거기서 뭐 하고 섰노?"

어머니가 마주치기 싫어하는 옆집 남자였다. 한자리에 붙박여 눈을 맞고 서 있었던 탓으로 뼈마디들이 굳어 얼른 몸을 돌릴 수조차 없었다.

"소피 보러 나왔다가 누룽지가 없어졌기에 개호주*한테 끌려갔는가 싶어 놀라 가지고 쫓아왔다. 내가 불쑥 나타나서 니도 마이 놀랐나?"

"예."

* 개흙 : 갯바닥이나 늪 바닥에 있는 거무스름하고 미끌미끌한 고운 흙.
* 개호주 : 호랑이 새끼.

"니같이 잠시도 가만있지 않고 설칠 나이에 밤잠이 없는 것도 아일 긴데, 한밤중에 한길 가에 나와서 눈 맞고 서 있는 까닭이 뭐로? 짐작은 간다. 너그 아부지가 없어 심란하나? 그래도 어쩌겠노, 너그 어무이맨치로 참고 살아야제. 춘일옥 부인네하고 그런 불미스러운 일만 없었드라도 너그 어무이가 삯바느질로 고생스럽게 살지는 않을 긴데……."

옆집 남자의 이야기를 듣고 있는데, 등 뒤에서 삼례의 외마디가 들려왔다.

"야, 너 거기서 뭣 하고 있어?"

삼례가 오히려 나를 찾아 나서기까지 오랜 시간이 흘러간 것이었다. 옆집 남자에게서 놓여나게 된 것을 천만다행으로 생각했던 나는 저만치서 손짓하고 있는 그녀에게 다가가며 물었다.

"니는 잠자다 말고 어디로 도망갔드노?"

"엉뚱한 소리 하고 있네. 도망간 내가 어째서 널 찾아 나섰을까. 빨리 들어가, 얼어 죽기 전에."

"니 거짓말 자꾸 하면 어무이한테 혼난다는 거 모르나?"

그날 밤, 자다 말고 일어난 삼례가 행방을 감췄던 사건에 대해 그녀 자신은 물론, 어머니 역시 입을 굳게 다물었다. 옷에 묻은 눈을 털고 방 안으로 들어갔을 때도, 그리고 삼례와 내가 제각각의 잠자리로 찾아들기까지 어머니는 입을 다물고 고개를 숙인 채 바느질에만 열중하고 있었다. 삼례가 오히려 나를 찾아 나서게 된 것에 대해서도 전혀 이렇다 할 해명이 없었다.

그 이튿날도 삼례의 밤 나들이는 계속되었다. 그때마다 어머니는 울적한 얼굴로 그녀를 바라보기만 할 뿐 나무라거나 혼내지 않았다. 밤 나들이를 하고 돌아온 이튿날 아침이면 그녀는 으레 늦잠을 잤고, 하루종일 몹시 피곤해 보였다. 어머니는 비로소 삼례가 몽유병이란 것을 알아챈 것이었다. 그러나 방법이 없었다. 약으로 고쳐질 병이 아니기 때문이었다. 또 그때마다 섣불리 자극주는 일을 저지를 수도 없었다. 발작을 일으키거나 혼란 증세를 보이면, 수습은커녕 걷잡을 수 없다는 것도 알고 있었다.

"자고 먹는 일이 들쭉날쭉이거나, 어릴 때 집안에서 큰 사건을 겪은 아이들이 곧잘 저런 병에 걸리지만, 철이 들면 씻은 듯이 없어지는 법인데……."

그러던 어느 날, 고즈넉하게 돌아가던 어머니의 재봉틀 소리가 갑자기 멈추었다. 깨어 있던 나는 일순 도장방 문이 열리기를 기다렸다. 삼례가 밤 나들이할 채비를 하고 있는 게 틀림없다고 생각했다. 그러나 공교롭게도 문은 열리지 않았다. 그 대신 툇마루로 나가는 안방 문이 가만히 열리는 소리가 들려왔다. 문설주에 옷깃을 끌며 툇마루로 나서는 어머니의 모습이 손에 잡힐 듯 명료하게 떠올랐다. 그리고 어머니는 밤이 이슥토록 방으로 돌아오지 않았다. 나는 속으로 셈을 하기 시작했다. 하나에서 5백까지, 그리고 다시 천에서 5천까지 수치를 한 번도 건너뛰지 않고 차근차근 헤아려 나갔다. 그러고는 나도 모르는 사이에 잠이 들었다.

이튿날 아침에 일어났을 때, 어머니는 삼례가 그랬던 것처럼 지난밤에 무슨 일이 있었는지 알 수 없는 모호한 얼굴로 부엌에서 군불을 지피고 있었다. 드디어 삼례를 포함한 우리 세 식구는 저마다 남이 알아선 안 될 비밀을 간직하게 된 것인지도 몰랐다.

세월의 거센 물결이 켜켜로 밀려온다 할지라도 가라앉지 않는 부표*처럼, 언제나 부엌 문설주에 걸려 있던 홍어를 어머니는 다시 사다 걸지 않았다.

삼례와의 동거가 시작되고부터, 어머니가 밤샘하는 날은 늘어나기 시작했다. 읍내에서까지 바느질감이 많이 들어왔기 때문이다. 그 모든 것을 삼례가 만들어 놓은 것이었다. 그와 함께, 내가 내켜 하지 않았다 할지라도 그녀는 이제 어쩔 수 없는 외가댁 친척 누나가 되어 있었다.

어느덧 삼례는 어머니에겐 없어서는 안 될 동반자가 되어 있었다. 그것은 아버지가 떠난 이후로 집 안에만 있어 온 어머니로선 당연히 받아들일 수밖에 없는 결과였다. 바람둥이 남편을 둔 어머니는 어차피 집안 살림을 꾸려 가야 했고, 지금 당장은 바느질품을 파는 길밖에 없었다.

어머니는 일감 속에 파묻혀 끼니를 짓는 일조차 잊어버릴 때가 많았다. 등잔에서 아주까리기름 찌꺼기마저 곯어 타는 소리가 자

* 부표 : 물 위에 띄워 표적으로 삼는 물건.

주 들렸다. 뿐만 아니었다. 수면 부족으로 눈에 띄게 야위어 가고 있었다. 부어오른 목젖으로 자주 기침을 토해 냈고, 어떤 땐 일감을 손에 들고 벽에 기댄 채 선잠이 들기도 했다. 때론 바늘에 찔린 손가락에서 배어 나온 피가 골무를 적시기도 했다. 그러나 어머니는 찌들어 가고 있는 당신의 건강에 전혀 관심을 두지 않았다. 그러다가 죽을 것처럼 바느질에만 온 열정을 쏟아 부었고, 변소조차 가지 않을 정도로 안으로만 파고들었다. 어머니의 그러한 행동들이 집 떠난 아버지에 대한 미움 때문에 생긴 것이 아니라면, 어머니는 분명 삼례의 최면술에 걸려든 것 같았다.

어느새, 삼례는 부엌일을 포함하여 우리 집 문밖에서 치러야 할 모든 일들을 혼자서 하고 있었다. 그런데도 전혀 힘들어하는 기색이 아니었다.

홍어가 3백 미터 가까운 깊은 바다의 수압을 견딜 수 있듯이 이토록 황량하고 메마른 눈나라에서도, 삼례만은 눈 속을 헤집고 씀바귀 뿌리를 찾아내는 예리한 관찰력을 갖고 있었다.

그녀는 밭두렁이나 텃밭의 눈 속을 헤치고 양지꽃 뿌리나 복수초의 싹을 캐내어, 얼음물에 헹궈 자근자근 날로 씹어 먹곤 하였다. 그 잡초의 뿌리에는 추위를 덜 타게 하는 효험이 있기 때문이었다. 설혹 깊은 바다의 모랫바닥에 파묻혔다 할지라도 등 뒤쪽의 구멍으로 숨 쉴 수 있는 홍어처럼, 삼례는 폭설의 눈밭 속에 파묻혀 있어도 살아남을 수 있는 법을 터득하고 있었다. 그래서 어머니와 나는, 삼례의 지갑 속에 산란되어 있는 홍어의 알과 다를 바 없게 되었다. 그러나 그 알이 깨어날 꿈을 꾸고 있다 할지라도 삼례가 지갑을 열어 주지 않는 이상, 스스로 빠져나올 가망은 없을 것 같았다.

그러나 어느 날 밤, 어머니는 우연한 기회에 삼례의 지갑을 찾아내고 말았다. 잠들었던 그녀가 한밤에 또다시 일어나 밖으로 나간 사이였다. 그녀의 나들이는 이제 밤이면 당연히 치러야 할 일처럼 되어 있었기 때문에, 어머니와 나는 전혀 당황하지 않았다. 그러려니 하고 있을 따름이었다.

삼례의 지갑이 발견된 것은 그녀의 부주의 탓이었다. 어머니는 삼례가 빠져나간 이부자리 속에서, 명주천에 보라색 나팔꽃 한 송이를 붓으로 그린 듯 정교하게 수놓은 손지갑을 발견하였다. 지갑 안은 놀랍게도 열다섯 장의 크고 작은 지폐들로 채워져 있었다. 나를 들깨워 안방으로 불러낸 어머니는 그 지갑을 손에 든 채 하얗게 질려 있었다.

나 역시 어머니의 실망을 알고 있었다. 그러나 삼례의 악덕에 어지간히 익숙해져 있던 나도 그녀를 변명해 줄 말을 찾지 못했다. 게다가 삼례는 예상을 뒤엎고 곧장 방으로 돌아왔다. 그리고 항상 그랬던 것처럼, 속마음을 읽을 수 없는 아득한 표정을 하고 게걸스럽게 이불 속으로 기어들었다. 그러나 이불 속으로 기어든 그녀의 손바닥이 흡사 물을 찾아 개펄을 건너가는 바다가재의 집

게발처럼 민첩하고 맹렬한 탐색의 욕구를 보이며, 발치 쪽 이불자락 밖으로 쑥 삐져 나왔을 때, 어머니는 비로소 그녀의 몽유병은 치유된 지 오래라는 것을 깨달았다. 어머니는 이불자락을 들치며, 낮은 목소리로 말했다.

"니가 찾고 있는 게, 바로 이거제?"

홍당무가 된 삼례의 얼굴이 어머니의 손에 들린 손지갑에 꽂혔다. 그러나 삼례는 눈 깜짝할 사이에 지갑을 낚아챘다.

"내 지갑이 왜 거기 있어요?"

악다구니가 시퍼렇게 살아 있는 반격을 예견하지 못했던 어머니의 표정은 또다시 하얗게 질렸고 명치 끝이 아파 오는 듯, 두 손으로 앞가슴을 움켜쥐며 꼬꾸라질 듯 조아렸다. 어머니의 거친 숨소리가 시작되려는 찰나였다.

삼례는 낚아챈 손지갑을 방 한가운데로 미련 없이 내던졌다. 그리고 얼른 부엌으로 나가서 냉수 한 사발을 떠 왔다. 삼례가 꽤나 붙임성 있게 굴었으나, 충격이 컸던 어머니는 냉수를 들이켜고 나서도 몰아쉬는 숨소리를 진정시키는 데 애를 먹었다.

"회초리 가져오그라."

내가 굼뜨게 회초리를 찾자, 삼례가 말했다.

"넌 앉아 있어."

벌떡 몸을 일으킨 삼례는 손수 선반 위의 회초리 두 개를 찾아 어머니 앞에 놓았다.

"종아리 걷그라."

삼례의 행동은 전에 없이 시원시원했다. 그녀는 허연 실다리가 통째로 드러나게 몽당치마를 한껏 치켜들었다. 그 나이까지 가꾸어진 그 희고 매끄러운 실다리는 화증이 머리끝까지 오른 어머니를 비웃고 있는 것처럼 보였다. 그녀의 아랫도리가 시원스럽게 노출되는 그 순간, 어머니의 외마디가 들려왔다.

"세영이 니는 썩 비켜나그라."

종아리에 회초리가 닿는 순간마다, 삼례가 아닌 어머니의 신음소리가 들려왔다. 그러나 그날의 매질은 오래가지 않았다. 무슨 영문인지 어머니는 일찌감치 회초리를 던지고 말았다. 그 대신 흐느끼는 소리가 터져 나왔다.

삼례는 드디어 어머니의 메마른 가슴속에 응어리진 회한의 심지에 불을 댕긴 것이었다. 울음소리가 문밖으로 새어 나가지 않도록 자제력을 보여 주는 흐느낌은 오랫동안 계속되고 있었다. 그러나 방 안의 적요를 가만가만 흐트러뜨리는 그 울음소리가 내게는 막연한 두려움으로 다가왔다. 아버지가 그랬던 것처럼 어머니도 어느 날 밤, 집을 나가 버리지는 않을까. 어머니의 떨리고 있는 어깨와, 극도의 자제력을 보여 주고 있는 흐느낌에는, 그런 이별에 대한 주저와 연민이 깔려 있음 직했다. 그런데도 삼례만은 전혀 두려운 기색을 보이지 않았다. 어머니를 외면한 채 벽을 마주하고 앉아 있을 뿐이었다.

"이게 웬 돈이고?"

콧물에 젖어 목이 멘 한마디였다.

"일감 맡기는 춘일옥 아가씨들이 준 거예요."

"니가 고생한다고 신발값을 주더란 말이제?"

"예."

"거짓말하면 주둥아리를 찢어 놓을 기다?"

"거짓말 아니에요."

"이 지갑은 내가 보관하고 있으마. 그래도 되겠제?"

"예."

그러나 나는 삼례의 말 모두를 믿지는 않았다. 그녀가 훔치는 일에 능숙하다는 것을 알고 있기 때문이었다.

삼례에게는 그 자신만 알고 있다고 믿는, 숨겨 놓은 소굴도 있었다. 그 소굴은 우리 집 뒤꼍 담벼락 틈이었다. 초가의 볏짚 구멍과 같이 소낙비가 퍼부어도 물에 젖지 않을 담구멍을 골라, 훔친 물건들을 숨기고 있었다. 그 구멍 속에 있는 한 켤레의 고무신 속에는 부엉이 둥지와 같이 자질구레한 것들이 들어 있었다. 내가 보기엔 쓰잘데없는 것들이기도 했다. 구리 반지, 낡은 노리개, 색실, 바늘 쌈지, 자투리 천 조각, 알뜰하게 접어서 부피를 작게 만든 보자기 같은 것들이 사람의 손때가 한 번도 닿지 않은 하얀 고무신 두 짝 속에 감춰져 있었다.

그것을 발견했지만, 나는 어머니에게 고자질할 수는 없었다. 삼례에게 봉변을 당하기 싫었기 때문이었다. 어머니는 그 지폐가 어디서 생겼는지 얼추 밝혀졌는데도 불구하고, 지갑을 삼례에게 다시 주지 않았다. 그렇다고 딱 자르듯 가로채어 은밀한 곳에 숨겨 놓지도 않았다. 누구나 볼 수 있게 한쪽 귀퉁이에 던져 둔 채 며칠 동안 방치하고 있었다.

그 손지갑이 놓여 있는 애매한 위치는, 어머니와 삼례 사이에 생겨난 앙금의 깊이를 호소력 있게 말하고 있는 것처럼 보였다. 지갑이 갖고 있는 수월찮은 값어치에도 불구하고 어머니는 방 귀퉁이로는 될수록 시선을 돌리지 않으려 애쓰고 있었다.

어머니가 느낀 배신감은 그 지갑이 갖는 혐오감의 두께를 넘어서고 있는 것 같았다. 몽유병 증세가 말끔하게 가셨는데도 그것을 눈치 채지 못하게 숨기며 밤 나들이를 계속해 왔다는 것과, 그녀가 우리를 떠날 준비를 하고 있을지도 모른다는 불길한 예감 때문이었다. 그런데도 어머니는 그녀의 빈번했던 밤 나들이를 들춰 트집 잡지 않았다. 새로운 근심거리에 말려드는 것이 두려웠는지도 몰랐고, 삼례에게 둔 배신감의 거리가 너무나 멀었기 때문일 수도 있었다.

그러나 삼례는 달랐다. 언제 그런 일이 있었느냐는 듯이 멀쩡했다. 그리고 빈도의 차이는 두었지만, 밤 나들이도 계속하고 있었다. 치유되었던 몽유병이 재발되었는지도 모른다는 의심이 진하게 들 만큼 거리낌이 없었다.

어머니 역시 내게 뒤따라가 보라는 말을 하지 않았다. 내가 다시 그녀를 미행한다 하더라도 어머니가 들어야 할 말은 전과 다를 바 없으리란 것을 알고 있는지도 몰랐다. 몽유병의 재발이든, 아니면 어떤 청년을 만나고 다닌다는 소식이든 어머니는 실망했을 것이었다.

이튿날, 삼례가 깨어났을 때 어머니는 삼례를 불러 앉히고 말했다.

"오늘부터 춘일옥 일감은 받지 말그라. 내가 어젯밤에 그 집으로 찾아가서 그렇게 하기로 담판을 짓고 왔다. 내가 아이라 캐서 춘일옥 기집들이 홀딱 벗고 지내지도 않을 기고, 내 또한 그 집 일감이 없다 캐서 당장 굶어 죽을 일도 없제. 내 말 명심하그라. 알아들었제?"

어머니가 몸소 찾아가서 담판을 짓고 왔다는 말에 찔끔했던 삼례는, 바로 그날부터 춘일옥 출입을 삼가기에 이르렀다. 그러나 눈길 위를 춤꾼처럼 훠이훠이 쏘다녔던 그녀는 어느덧 풀이 죽어 있었다. 밤이 아닌 낮에 혼자 나가서 눈이 녹아 가는 밭두렁을 헤매다 돌아오곤 하였다. 어머니의 반응도 차가웠다. 삼례가 낮에 나다니든 밤에 나다니든 간섭하는 일이 없었다.

어느 날 어머니가 잠시 방을 비웠을 때, 삼례가 내게 물었다.

"너네 아버지 바람둥이지?"

너무나 놀란 나는 숨이 막힐 지경이었다.

"그치?"

"니 무슨 소리 하고 있노? 우리 아부지 얼굴도 모르면서 그런 말 함부로 하면 못쓴대이. 어무이한테 혼날라 카나?"

"이 촌놈아, 말 안 해도 난 다 알아. 내가 모르는 건 없어."

"거지 주제에 똑똑한 척하지 마라."

아버지를 가차 없이 헐뜯고 있었기 때문에 앞뒤 견주어 볼 여유도 없었던 나는 발설해서는 안 될 말까지 하고 말았다. 그러나 삼례는 태연하게 말머리를 돌렸다.

"나는 3백 리 밖에 있는 도회지 길도 빤히 알고 있어. 그만하면 똑똑하지. 넌 그거 알기나 해?"

삼례가 마을에서 자취를 감춘 것은 그로부터 열흘 뒤의 일이었다. 그녀가 마을을 떠나는 모습을 본 사람은 아무도 없었다. 그러나 사실을 확인할 수 없는 뜬소문은 있었다.

마을의 한길 북쪽 끝의 창고 옆엔 비좁고 허름한 자전거 수리집이 있었다. 낡고 녹슨 자전거 몇 대가 금방 쓰러질 것 같은 벽 아래에 항상 기대어 서 있었다. 찾아오는 사람도 별로 없었던 그곳에선 하루 종일 휘파람 소리만 들렸다. 눈이 내린 이후엔 더욱 그랬다. 그 자전거포에서 일하던 청년이 삼례를 고물 자전거에 태우고 읍내 길로 가더란 소문이었다. 그러나 어머니는 그 소문의 진위를 캐려 들지 않았다. 예상하고 있었던 일이기 때문인지 몰랐다.

그녀의 소굴이었던 담구멍의 고무신 한 켤레도 보이지 않았다.

그녀가 자취를 감추었던 그날 밤 나는 도장방에 쪼그리고 누워, 보라색 나팔꽃 한 송이를 붓으로 그린 듯 수놓았던 그 손지갑을 머릿속에 그려 보았다.

이튿날 아침, 아침밥을 지으려고 부엌으로 나간 어머니가 또다시 비명을 지르며 놀라는 소리를 들었다. 놀란 나는 얼른 기어 나가 외짝 문을 열었다. 어머니는 내게 부엌문을 가리키고 있었다. 홍어포가 걸려 있었던 부엌 문설주에는 반 아름이나 될까 말까 한 씀바귀 한 묶음이 대롱대롱 매달려 있었다.

밭두렁의 눈 속을 헤집고 캐내었을 씀바귀들은 파릇파릇한 기운을 아직도 그대로 간직하고 있었다. 어머니의 시선은 문설주에 걸린 채 흩어질 줄 몰랐다. 바느질로 밤새우기를 일삼는 어머니는 간혹 씀바귀 뿌리를 씹곤 하였다. 그 뿌리에서 배어 나오는 하얀 즙에는 잠을 쫓아 주는 묘약이 들어 있기 때문이었다.

폭설이 마을을 덮쳐 오랫동안 머물렀던 그해 겨울, 우리 마을에서 살아 있었던 사람은 삼례 한 사람뿐이었다.

2

아버지가 집을 떠난 지 6년째가 되었다. 뱀이 똬리를 틀듯 오직 외곬으로 버티고 앉아 간절하게 아버지를 기다리고 있었으나, 아버지의 거처를 수소문하지 않는 어머니의 공허한 기다림만은 여전했다.

삼례가 훌쩍 떠나고 말았던 겨울을 지나, 산기슭 아래의 논두렁에 자운영꽃이 붉게 피는 봄이 왔고, 지느러미에 살이 오른 붕어새끼들과 송사리 떼가 방천둑 아래의 봇도랑* 여울을 거슬러 오르고 있었다. 겨울을 지낸 송사리 떼의 경계심은 무척 예민했다. 재빠르게 헤엄을 치다가도 얼른 스쳐 지나는 사람의 그림자나, 바람에 흔들리는 풀잎에도 놀라 삽시간에 흩어지거나 하류 쪽으로 쏜살같이 사라지곤 하였다.

흐린 날을 좀처럼 볼 수 없었던 그해 5월 하순의 햇살은 언제나

* 봇도랑 : 봇물을 대거나 빼게 만든 도랑.

아침나절부터 깨진 유리그릇처럼 눈부셨다. 산등성이 위로 까치발을 하고 성큼 올라선 햇살이 밤사이 달빛이 걸러 낸 마을 뒤쪽 숲 속으로 흐드러지고, 새순 냄새가 듬뿍 밴 하늬바람이 일어나 떡갈나무와 오리나무 잎사귀들을 해작이기* 시작하면, 먼 산속에선 뻐꾸기 소리가 고즈넉했고, 마을 뒤 숲 속에선 이따금씩 수꿩의 울음소리가 들려왔다. 그러나 단 두 음절로 끝맺음되는 수꿩의 울부짖는 듯한 소리는 맑고 깨끗한 서정적 여운이 진하게 남는 여느 새소리와는 딴판이었다. 느닷없이 시작해서 겁에 질린 것처럼 꾸역꾸역 단 두 음절만 가파르게 토해 내는 그 울음소리는, 투정 섞인 정한은 듬뿍 묻어 있었지만 암꿩의 화답도 없었으므로, 목멘 만큼 비생산적인 악보를 갖고 있었다.

어머니는 아침나절 한때, 마른 풀잎같이 여윈 몸으로 툇마루로 나와 앉아 나른한 시선을 막연하게 던진 채 해바라기를 하면서, 뒷산 숲 속에서 들려오는 수꿩의 울음소리를 귀 기울여 듣곤 하였다. 먼 산자락 아래로 아득하게 가라앉는 뻐꾸기 소리보다, 구토하는 수꿩의 울음소리에 어머니가 귀를 기울이는 까닭을 짐작하기란 쉽지 않았다. 아마도 어머니는 그 울음소리에서, 객지 생활의 어려움을 겪고 있을 아버지의 구차스러운 삶을 연상하는지도 몰랐다.

그러고는 하반신을 마룻바닥에 끌면서 조용히 방으로 들어가,

* 해작이기 : 무엇을 찾으려고 조금씩 들추거나 파서 헤치기.

손톱 밑을 바늘로 찔러 가며 졸여 두었던 지난밤의 피곤을 때늦은 아침잠으로 풀곤 하였다. 자릿저고리의 앞섶을 단단하게 여민 어머니의 그 조촐한 수면은, 기역 자로 쪼그린 몸을 다시 꼬부려야 잠이 들던, 그래서 자다가도 벌떡 일어나 몇백 리의 밤길이라도 기꺼이 달려갈 것만 같았던, 어딘가 사무친 원한을 가진 삼례의 잠버릇과 너무나 비슷했다. 삼례가 우리 곁을 떠난 이후, 어머니가 갖기 시작한 우울한 잠버릇이었다.

아침나절의 단잠에서 깨어난 어머니의 얼굴에는 잠 속에서나마 아버지가 남기고 간 그리움의 자리를 서성거리다 돌아온 흔적이 뚜렷했다. 단잠을 이루지 못한 사람들에게 흔히 찾아오는 기억력의 상실도 어머니에게 종종 보이는 개운찮은 징후였다. 그러나 잠에서 깨어나 흩어진 머리를 단정하게 빗고 나면, 피곤에 절었던 얼굴이 한순간은 하얀 박꽃같이 피어나기도 했다.

어머니가 잠든 시각이면, 나는 방천둑 아래의 봇도랑에 나가 있을 때가 많았다. 정교하게 빚어낸 유리 세공품 같은 송사리 떼를 구경하기 위해서였다. 봇도랑 가에 쪼그리고 앉아 오랫동안 송사리 떼가 민첩하게 헤엄치는 것을 보고 있노라면, 꿀처럼 다디단 5월의 햇살이 등 뒤로 가만히 다가와 부드러운 손으로 내 양미간을 감싸안았다. 졸음과의 숨바꼭질이 시작되는 것이었다.

처음에는 까닭 없이 노곤해지면서 눈꺼풀이 무거워지고, 내리쬐는 햇살을 가파른 손짓으로 반사하고 있는 물너울이 눈앞에서 아슴아슴 흐려 갔다. 그리고 빗자루를 거꾸로 세워 둔 것 같은 백양나무들이 늘어선 먼 한길에서 나누는 행인들의 말소리가 뚝뚝 끊어지기 시작했다. 그때 뭔가 눈 찡긋하며 내 옆구리를 쿡쿡 찔러 대는 것이 있었다. 구태여 뒤돌아보지 않아도 졸음이 불러일으킨 가벼운 현기증이란 걸 나는 알고 있었다.

나는 그때 잠자리의 날개처럼, 체중계에 올라서도 아무런 의미가 없을 정도로 가벼워진 자신을 의식할 수 있었다. 그리하여 햇살이 내게 기댄 것이 아니라, 내가 햇살에 기대어 잠 속으로 빠져드는 것이었다. 어머니는, 무지개가 모두 빨랫줄이라 하더라도 그 무지개를 가려 덮을 수 있을 만치 많은 옷감들이 널린 방 한편에 쪼그리고 누워서, 그리고 나는 민들레와 괭이눈의 새순이 돋아나고 있는 방천둑 가에 쪼그리고 앉아서, 참으려 들면 들수록 더욱 몰려오는 졸음을 즐기곤 하였다.

어머니와 나에게 봄은, 그처럼 졸음과 기다림의 정한을 품고 있는 나선형의 시간과 함께 다가왔다. 그래서 어머니와 나는 설혹 아버지가 아니라 할지라도, 누군가가 우리 두 사람을 찾아와 주기를 막연하게 기다리기 시작했다. 아버지를 위한 기다림이 헛된 것이라는 생각이 강렬하게 들수록 더욱 강렬하게 누군가가 나타나 주기를 기다렸다. 그것은 지난겨울, 우리 마을의 폭설을 난폭하게 살다 간 삼례라도 좋았고, 그녀가 아닌 다른 생소한 사람이라 해도 좋았다.

어머니와 나는 이 산골 마을에서 오랫동안 갇혀 살아서 지리적 감각조차 퇴화해 버린 것 같았다. 그래서 누군가가 우리를 찾아와 주지 않는 이상, 우리 스스로는 누굴 찾아 나설 기력이 없는 것처럼 생각되었다. 그러나 어머니와 나는 서로의 가슴속에 품고 있는 그 은밀한 비밀을 터놓고 내색한 적은 없었다. 낯선 사람이라도 찾아왔으면 좋겠다는 말은 함부로 말하기엔 너무나 엄청난 기대이기 때문이었다. 그것은 아마도 지난겨울, 우리 집에 드리우고 간 삼례의 길고 긴 그림자 때문인지도 모른다.

삼례는 그처럼, 다채로운 흔적을 어머니와 나에게 남기고 떠난 것이었다. 낡은 것도 다시 보면 새롭듯이, 변하는 것이라곤 돌아가다 멈추곤 하는 재봉틀 소리뿐인 우리 집에서, 삼례에 대한 추억은 어딘가 인생의 깊이를 더해 주는 것처럼 생각되어 그녀에 대한 추억을 정색하고 뒤돌아보게 했다. 그래서 그녀는 아직도 그림자처럼 우리 곁에 살고 있는지도 모른다는 착각을 할 때도 있었다.

나는 서쪽 하늘을 온전하게 덮고 있는 노을을 온몸으로 마주 받으며, 음습하고 침침한 껍질에서 금방 벗어난 매미의 애벌레처럼 투명한 살갗으로 변신한 나를 바라보곤 하였다. 나는, 내 가슴속으로 스며들어 내 뼈대와 살점을 싸잡아 녹여 버릴 수 있을 만큼 충만했던 해거름의 고요와 황홀한 노을 속으로 해면처럼 투명한 몸이 되어 빨려들곤 하였다. 그렇지만 마을의 어느 누구도 발가벗은 나를 알아차리진 못했다.

그때 방천둑 위에서는, 헤어져 있는 거리와는 상관없이 자유자재로 아버지를 만날 수 있었다. 아버지는 언제나 노을을 등지는 방천둑 서쪽에서 모습을 드러냈다. 처음에는 아주 조그맣게, 그리고 점점 몸을 부풀려 가며 다가와서 바로 내 옆을 지나쳐 동쪽 끝으로 등을 보이며 사라지곤 하였다. 나는 아버지의 모습을 속속들이 관찰할 수 있었지만, 아버지는 나를 전혀 눈치 채지 못했다. 물론 나도 아버지의 얼굴을 올곧게 기억하고 있는 것은 아니었다. 그러나 그때 나타나는 사내가 아버지라는 것을 알아차릴 분명한 증거가 있었다. 한 손에는 언제나 지난겨울 내가 방천둑에서 날리다 잃어버린 낯익은 가오리연 한 개를 들고 있었다. 그리고 손등이 매화나무 껍질같이 갈라 터진 다른 한 손으로는 자칫 한 발을 잘못 내디디면 부러질 것 같은 가느다란 지팡이를 짚고 있었다. 다리를 몹시 절뚝거리며 거의 열정적으로 몸을 떨기까지 하였으므로 어디가 불편한지도 분명하지 않았다. 아버지는 지팡이를 짚고 걷는다기보다 전신을 거의 지팡이에 내맡기다시피 하고 상반신부터 기우뚱거리며 흔들어 대며 거북한 걸음을 떼어 놓았다. 게다가 바로 내 옆을 지나칠 적에는 내게 보여 주려는 듯, 뼈에 사무치는 고통으로 일그러진 얼굴이 되어 걸음걸이를 예사롭게 보이려고 무진장 노력하고 있었다. 그러나 그러한 노력은 아버지의 모습을 더욱더 처참해 보이게 할 뿐이었다.

실제의 아버지는 멀쩡한 사람이었다. 그런데도 노을 무렵에 나타나는 아버지는 지팡이를 짚은 모습을 한 번도 고쳐 본 적이 없었다. 그처럼 아버지가 왜곡되어 나타나는 것은, 어머니와 나를 버리고 객지로 떠나 버리고 난 뒤 6년째가 되도록 소식이 없는 아버지에 대한 배신감이 내 가슴속에 도사리고 있기 때문인지도 몰랐다.

다시 겨울이 찾아왔다. 그 겨울이 찾아와 주기를 어머니와 나는 무척이나 기다렸지만, 서로의 속내를 털어놓고 말한 적은 없었다. 지난해와 같이 폭설은 아니었지만, 11월 중순 첫눈이 내리던 날 밤, 방문을 열고 회색의 밤하늘을 물끄러미 내다보던 어머니의 입에서 한마디가 흘러나왔다.

"하늘에는 눈만 살고 있는 나라가 있는 모양이제?"

어머니의 등 뒤에서 눈 내리는 바깥을 함께 바라보고 있던 내가 대답했다.

"어무이요, 눈나라가 하늘에 있는 기 아이라 캅디더. 네팔이라 카는 나란동 어디 가면, 눈들만 살고 있는 산나라가 있고 눈만 다스리는 궁전이 따로 있다 캅디더."

"택도 없는 소리 하지도 마라. 눈이란 기 하늘에서 내리는 긴데, 하늘보다 높은 산이 있다는 말은 생전 처음 들어 본다."

"하늘보다 높은 산이 있기에 눈만 살고 있는 산이 있는 거 아입니껴. 그 산 이름이 히말라야라 캅디더. 거기서 살던 눈들이 겨울이 되면, 바람을 타고 하늘로 내려와서 떠돌아다니다가 이렇게 퍼붓고는 다시 자기들 사는 곳으로 돌아간다 캅디더."

"그 산이 어디 있다 카드노?"

"수천만 리도 더 되는 먼 곳에 있다 캅디더."

어머니는 더 이상 추궁하려 들지 않았다. 다만 이제 막 얼기 시작해서 굳어 가는 땅에 날개라도 다칠까 해서 가만가만 내려앉고 있는 눈송이 하나하나가 모두 소중한 듯, 내내 눈나비들의 춤을 바라만 보고 있었다. 그러나 지난겨울 폭설로 겪었던 지루한 고난의 두려움을 기억하는 얼굴은 아니었다. 어머니도 나처럼 이 겨울의 눈보라를 기다리고 있었음이 분명했다.

방 안에 싸늘한 냉기가 감돌아 어느새 손까지 시린데도 문 닫을 엄두를 내지 않고 있던 어머니의 입에서 들릴 듯 말 듯한 푸념이 흘러나왔다.

"수천만 리 밖에 떨어져 있다는 눈도 겨울이 되면 어김없이 우리 집을 찾아오는데, 너그 아부지는 눈조차 멀어 장님 된 지 오래된 모양이제. 장님이 안 됐으면 눈 뜨고 나갔던 자기 집을 아직까지 못 찾아낼까?"

그해 겨울 초입부터 어머니는 가오리연을 만드는 대신 조각보를 짓기 시작했다. 옷이나 버선을 마름질하고 남겨 두었던 젖먹이들 손바닥 같은 자투리 천을 이용하는 것이었다. 방 한편에 있는 반짇고리에 쌓아 두기만 했던 그것들을 뒤적여 이리 붙이고 저리 덧대어 한 땀 한 땀 촘촘하게 기워 나가는 그 반추의 바느질은, 시간과의 약속을 다툴 수 없는 지루하고 고독한 작업이었다. 한 벌

의 삯바느질감이 완성되어 손에서 떨어지는 사이사이에 어머니는 짓다 만 조각보를 꺼내 들곤 했다. 산비탈을 타고 다닥다닥 올라붙은 다랑논을 연상하게 만드는 그 조각보들은, 아버지를 향해 달려가고 있는 어머니의 직선적인 시간들을 나선형의 시간들로 구부려 주고 있었다.

어머니가 가오리연 만들기를 그만두고 조각보 만들기에 골똘했다는 것은 겉보기에는 큰 변화임에 틀림없었다. 그러나 그것은 아버지에 대한 그리움이 가슴속으로 더욱 파고들어 곪아 가고 있다는 징후이기도 하였다. 속으로만 파고드는 고통의 곪주림은 더욱 아리고 쓰다는 것을 알고 있었을 것인데, 어머니는 기꺼이 그 길을 선택한 것이었다.

떨어졌다 말라 버린 눈물 자리와 식도를 파고드는 기침 소리가 배어 있는 그 조각보가 두 개나 완성된 12월 중순께였다. 길가로 11월에 내린 잔설이 희끗희끗한 그날 해 질 녘에, 나는 우리 집 대문 앞을 지키고 서 있던 옆집 남자와 마주쳤다. 인사를 건네고 비켜 가려는 내게 그는 턱으로 골목 밖을 가리켰다. 그는 우선 담배에 불을 댕겨 입에 물었다. 연기를 두어 번 훅훅 내뿜고 나서도 입을 열려고 하지 않았다. 삼례가 다시 나타났다는 것을 알게 된 것은 옆집 남자의 귀띔으로였다.

"이런 알쏭달쏭한 말을 니한테 해서 될랑가 모르겠대이."

그는 여전히 주저하고 있었다. 그러나 어른들의 눈높이에서 나누는 흥정에 나는 아직 서툴렀다. 그의 말문이 다시 터지도록 조용히 기다릴 수밖에 없었다.

"니한테 이런 말을 하기란 실상 거북하기 짝이 없는 일이제. 하지만서도 너그 어무이한테 귀띔하기란 더욱 거북한 일이고…… 지나간 전쟁통에도 이렇게 운신하기 어려운 일은 당한 적이 없었대이. 하지만 우야겠노. 니 한 사람이라도 알고는 있어야 안 하겠나. 그래서 니가 나오기를 문 앞에서 기다리고 있었는 기라."

그러고도 한동안 뜸을 들이고 있던 옆집 남자는 그제야 결심을 굳힌 듯 띄엄띄엄 말을 이어 갔다.

"너그 어무이가 이 사실을 알게 된다면, 무슨 불상사가 일어날지 불을 보듯 뻔하다 카이. 그런즉슨 이 말은 니만 알고 있어야 할 일이란 것을 명심하그래이. 내가 사흘 전에 장터거리에 나갔다가 참말로 우연찮게도 삼례라 카는 처자를 봤다. 내가 대낮에 여우한테 홀렸나 싶어서 다시 정신 채리고 봤는데도 화장을 진하게 한 것 외에는 지난겨울에 왔던 삼례라는 처자가 틀림없는 기라."

그런데 어째서 어머니가 알아선 안 될 일이라고 거푸 다짐을 둔 것일까.

"지난 전쟁통에 별의별 궂은일을 많이 겪어서 지금은 똥개가 호랑이 된다 캐도 놀랄 일이 아이지만, 하도 엄청나서 세상에 이런 일도 있구나 싶드라. 삼례라면 너그 외가댁 친척 되는 처자 아이가. 그런 규수가 술집 색시가 돼 있드라 카면 니는 믿겠나?"

"술집 색시라 캤습니꺼?"

"내가 이 나이에 니를 놀래 주려고 일부러 만들어 낸 말이겠나. 그러나 만에 하나 사람을 잘못 알아볼 실수도 있겠다 싶어서 눈 씻고 다시 봤는데도 그 처자가 틀림없었다 카이. 나는 고마, 하늘이 노랗드라. 그 처자 신세가 우짜다 그 지경이 됐는지 내막을 짐작이라도 해야 아는 척이라도 하제. 더 크게 떠 보고 싶은 눈을 억지로 딱 감고 돌아서 뿌렀다. 이게 니만 알고 있을 일이제 너그 어무이까지 알아서 될 일이가? 너그 어무이께서 이 사실을 알았다 카면, 당장 자기 목숨부터 결딴낼라꼬 덤빌 긴데. 내 말 알아묵겠나?"

처음에 그녀의 이름을 듣고 놀랐던 나는, 다만 아연한 시선으로 옆집 남자를 쳐다보고만 있었다. 아무런 생각이 없었다. 생각이 있으면 열네 살이 아닌 것처럼, 나는 삼례의 출현을 직설적으로 전달하려고 애쓰고 있는 옆집 남자를 생각 없이 쳐다만 보았다. 삼례가 돌아온 것이었다. 그 돌아왔다는 오직 한 가지 사실이 나를 몸서리치게 만들었다.

"다시 한 번 말한다만, 너그 어무이가 이 사실을 알게 된다 카는 날에는 그 도도한 성깔에 앞뒤 생각 않고 식칼을 물고 꼬꾸라져 죽을라 칼지도 모른다. 니가 조심해야 될 기 바로 그기다. 입이 간질하거든 얼굴을 얼음물에 푹 담그고 한 번 흔들어라."

나는 고만 갈란다, 한마디를 덧붙이고 옆집 남자는 한길 쪽으로 돌아섰다.

삼례는 그렇게 우리 곁으로 돌아왔다. 옆집 남자의 다짐이 있었으므로 나는 그가 비워 둔 자리에 그대로 서서 뛰는 가슴을 가다듬어야 했다. 그러나 삼례가 모습을 드러낸 까닭을 알 수 없었다. 뛰는 가슴을 얼추 진정시킨 나는, 짐짓 예사로운 표정을 지으며 방으로 들어갔다. 어머니가 흘끗 나를 일별하며 물었다.

"야야, 니 얼굴이 왜 그리 하얗게 질려 있노?"

나는 참으로 오랜만에 어머니를 향해 어떤 소리를 질렀다. 언어로서의 전달력을 가진 고함 소리가 아니었다. 굳이 말한다면 절규 같은 것이었다. 그것은 불쑥 시작해서 겁에 질린 두 음절만 토해 내던 수꿩의 울음소리와 흡사한 것이기도 했다.

어머니는 아연실색한 채 내가 옆집 남자를 만났을 때 그랬듯이 너무나 놀란 나머지 벌린 입을 다물지 못하고, 당혹의 눈길로 나를 바라보았다. 그러나 짐승의 소리와도 같았던 나의 위압적인 반응에도 불구하고 어머니와 나 사이엔 아무런 불상사도 일어나지 않았다. 열네 살의 내 탄탄한 종아리는 이미 매가 감칠맛 나게 안겨지기는 어렵게 되었다는 것을 어머니도 알고 있었기 때문이다.

나는 당혹과 적의가 교차되는 어머니의 시선에 아무런 두려움도 없다는 듯 잰걸음으로 도장방에 들어가 반듯이 누웠다. 얼마 만인가 뒤에 드디어 쓸쓸하고 서글픈 재봉틀은 돌아가고 있었고, 나는 시각도 이른 초저녁잠 속으로 빠져 들었다. 까닭 없는 만용을 부린 그런 날의 저녁 끼니는 어머니와 함께 굶어야 한다는 것을 알고 있었다. 적어도 그런 날 저녁에 어머니가 밥해 먹자는 말을 한 적은 없었다.

내가 삼례의 거처를 찾아 나선 것은 그로부터 열흘이나 지난 날 오후였다. 그리고 그해 겨울 들어 첫눈이 내린 지도 한 달이나 지난 뒤였다. 어머니와 나는 지난해의 폭설로 재난에 가까운 곤욕을 치르기도 했지만, 또 한 번의 폭설을 은근히 기다리고 있었다. 그러나 희끗희끗 시늉만 하고 말았던 11월의 첫눈 이후, 눈 내릴 징후를 가진 날씨는 쉽게 찾아오지 않았다.

옆집 남자에게 삼례의 소식을 귀띔 받았던 날로부터 열흘이란 짧지 않은 날짜를 보낸 것은, 어쩌면 눈이라도 펑펑 쏟아져야 그녀의 거처를 찾아 나설 수 있는 명분이나 용기가 생길 것 같았기 때문이었다.

그처럼 지난해 겨울의 폭설은, 삼례의 출현과 연결되어 내 가슴속에 하나의 구체적 형상으로 큰 자국을 남기고 있었다. 눈이 내리지 않는다면, 올해 겨울도 지난여름처럼 아무것도 할 수 없을지 몰랐다.

네팔이란 나라의 북쪽 지대를 가로지르며 누워 있다는 눈의 사원에서 짜고 있는 바람의 융단은 아직도 마련되지 않고 있는 것일까. 나는 밤마다, 그곳에서 달려온 바람에 실린 눈발들이 자욱하게 흩날리는 방천둑 위에 서 있기를 꿈꾸며 빌었다. 그러나 그 기대는 또한 밤마다 가차 없이 나를 실망시켰다.

그 배반의 열흘이 지나는 동안, 나는 삼례가 읍내를 떠나 버릴지도 모른다는 조바심을 삭여 낼 수 없었으므로 결국은 삼례를 찾아 나서기로 작정하고 말았다. 그녀의 거처를 수소문하러 나서기 전에 옆집 남자를 한 번 더 만날 필요가 있었지만, 그 남자의 입에서 흘러나오는 삼례라는 이름만은 더 이상 듣고 싶지 않았다. 그가 말하는 삼례라는 이름에는 입 안의 침을 바싹 마르게 하는 독약이 들어 있었다.

그날 오후부터 나는 읍내를 배회하기 시작했다. 위협적이면서도 배타적인 시선을 하고, 노랫소리나 웃음소리가 흘러나오는 읍내의 크고 작은 선술집 주변을 몰래 엿보기 시작했다. 내게 얼굴 한가운데를 매섭게 가로지른 긴 매부리코와 거만하기 짝이 없어 보이는 가파른 턱이 있었다면, 나는 좀 더 대담하고 모험적인 시간들을 운영할 수 있었을 것이다.

그러나 내 열넷의 나이가 가지는 영역의 한계는 어른들이 갖고 있는 그 방만한 행동반경을 넘볼 수도 없을 만치 빈약한 것이었다. 게다가 어머니가 알아채지 못하게 하려면, 내게 주어진 시간의 중심에서 벗어나는 실수를 저질러선 안 되었다. 그래서 언제나 미진한 가운데 집으로 발길을 돌려야 했고, 콧등을 베어 갈 것 같은 겨울 삭풍에 부대껴 얼음장같이 차가워진 몸으로, 비릿한 동치미 냄새가 설핏하게 배어 있는 안방을 오만하게 가로질러 도장방으로 기어들었다. 그리고 춥디추운 오한과 외로움에 몸을 떨곤 하였다. 그리고 어느 날 눈이 내렸다.

내가 삼례를 만난 것은, 공교롭게도 그해 겨울 들어 두 번째의 눈이 내렸던 바로 그날 밤이었다. 다른 업소들처럼 대문이나 추녀에 간판이 걸려 있는 집이 아니었다. 며칠 전에도 나는 그 집 언저리를 두 번이나 서성거렸던 적이 있었지만, 술꾼들의 출입이 빈번한 집도 아니었고 아기자기한 여자들의 웃음소리가 들려오는 집도 아니었다. 그랬기에 삼례가 살고 있으리라고 생각할 수 없었다. 삼례를 그곳에서 발견할 수 있었던 것은 다만 한 가지, 그날 밤에 내렸던 눈 때문이었다. 골목 맨 안쪽에 깊숙하게 숨어 있었던 그 집 앞에 이르렀을 때, 마침 골목을 마주 바라보고 있는 건넌방 문을 활짝 열고 두 여자가 눈바라기*를 하고 있었다. 그들의 등 뒤로는 애수가 깃든 남폿불이 켜져 있었다. 좁은 방 안을 비추고 있는 남폿불의 매혹적인 빛살들이 화사한 한복 차림인 두 여자를 애무하듯 그려 내고 있었다. 형형색색의 깃발을 달고 항구에 정박 중인 어선들같이 바람이 일어날 적마다 방 전체가 흐느적거렸다. 그러나 바람이 그치고 나면, 방 안은 열대어들이 조명등을 받으며 가만히 엎드려 있는 수족관을 연상시켰다.

문지방 앞으로 나란히 나와 앉아, 눈이 내리쌓이는 뜰을 물끄러미 바라보던 둘 중에서 툇마루로 나서는 여자가 있었다. 그제야 나는 그녀가 삼례라는 것을 알아차렸다. 나는 심장이 툭 터질 듯

* 눈바라기 : 내린 눈을 하염없이 바라보는 것.

놀랐다. 발등까지 덮고 있는 긴 치맛자락을 살짝 거두어 쥐고 마루를 내려선 그녀가 뜰을 가로질러 문밖까지 나오는 데는 시간이 많이 걸리지 않았다. 대문 밖에 이르렀을 때, 그녀는 치맛자락을 걷어 올려 턱밑에 끼웠다. 그리고 엉덩이를 아래로 내리는 것과 때를 같이하여 속곳을 벗은 다음, 눈밭 위에서 시원스럽게 오줌을 누었다. 나는 그때, 눈처럼 흰 삼례의 엉덩이를 훔쳐보았다. 삼례와 시선이 마주친 것은 그녀가 발목까지 벗어 내렸던 속곳을 다시 입고 난 뒤였다.

"너, 세영이구나!"

놀란 것은 그녀가 아니라, 시종 그녀의 거동을 훔쳐보았던 나였다. 내게 말을 건네는 그녀의 말투가 너무나 천연덕스러웠기 때문이었다. 조금의 겸연쩍음도 없이 내뱉는 한마디가 그녀의 입에서 흘러나왔을 때, 나는 참으로 오랜만에 내 귀를 의심하기에 이르렀다. 그녀는 내게 손짓하며 다시 말했다.

"이리 와봐."

내가 그녀를 향해 다가간 것은 그 말이 떨어지고도 상당한 시간이 흐른 뒤였다. 발부리로 눈만 뭉그적거리고 있는 내게 거리낌 없이 바짝 다가온 쪽은 오히려 삼례였다. 나를 요모조모 뜯어보던 삼례는 짐짓 목소리를 가다듬고 말했다.

"쪼그만 것이 이런 집에 와서 기웃거리면 못쓴다."

껌을 씹고 있는 그녀의 입에선 박하 향내가 났다.

"누나."

내 입에서 그런 말이 스스럼없이 흘러나왔다. 삼례를 향해 누나라고 불렀던 것은 이때가 처음이었다. 그 외의 어떤 말도 할 수 없었다. 그러나 삼례는 내 변화를 받아들이려 하지 않았다. 받아들이기는커녕 귀담아듣는 척도 않았다.

"너 소문 듣고 온 거지? 하지만 너네하곤 상관없는 일이야. 물 건너간 일이란 말이야. 청승스럽게 눈 맞고 서 있지 말고 어서 가."

"누나, 그기 아이다."

"아니긴 뭐가 아냐. 뭉그적거리지 말고 썩 꺼져."

그녀의 태도는 오만하고 냉담했다. 그녀는 치맛자락이 눈물에 젖지 않도록 살짝 걷어 감아쥐고 수족관 안으로 들어가 버렸다.

집으로 돌아오는 동안 나는, 그녀가 내게 남긴 '썩 꺼져'라는 말을 몇 번이나 되씹어 보았지만, 그 말의 속뜻을 알아챌 수 없었다. 지난겨울의 기억이라곤 눈곱만치도 느낄 수 없었던 그녀의 냉담함에 울적하지 않았던 것은 아니었다. 그러나 내 가슴속에 도사리고 있는 뜨거운 충동은 그녀의 놀라운 변신과 냉담함 그리고 낯섦이나 비난과 분노까지도 모두 삼켜 버렸다. 그래서 그녀가 내게 바라고 있었던 것과는 달리 나는 별로 무겁지 않은 마음으로 돌아올 수 있었다.

삼례가 그곳에 다시 돌아와 있다는 것을 알고 있는 옆집 남자를 만난 것은 그로부터 사흘 뒤 오후였다. 그는 자기 집 대문 앞에 누룽지와 함께 서서 내가 나타나기를 기다리고 있었다.

"니 그 처자있는 곳을 수소문해 봤드나?"

"예."

"내 도움을 안 받고 용케 찾아냈구나. 찾아내기만 해서 되겠나, 무슨 조치를 취해야제."

"예."

나는 모호하게 대답할 수밖에 없었다.

"무슨 조치라는 게 딴 기 있겠나. 그 처자가 읍내를 떠날 돈이 없다 카면, 너그 아부지와는 형제와 다름없이 지냈던 내가 나서서 여비를 빌려 주고 싶다. 하지만 그렇게 되면, 너그 어무이가 나보고 남의 일에 부질없이 끼어든 싱거운 사람이라고 욕할 기 뻔한 거 아이겠나."

"예."

"내가 중간에서 잘난 체하고 나서지 못하는 까닭을 니는 알 만하겠제? 일이 그렇다 하더라도 그 처자의 일은, 우리 마실까지 소문이 퍼지기 전에 퍼뜩 조치해야 되는 기라. 니가 너그 집 장손이라는 거 잊어뿌리지 않았지러?"

"예."

나는 겨울의 잿빛 하늘 아래로 흐릿하게 골격을 드러낸 산등성이와 그 산 아래로 내려앉은 우중충한 시골집들을 생각 없이 바라보고 있었다.

"예예, 하고 대답만 하지 말고…… 니가 인자 그만하면 속대중은 있을 만한 나이가 됐는 기라. 너그 어무이가 어떤 분이로. 대문 밖에서 뿌스럭 소리만 나도 그기 오동잎 떨어지는 소린동 솔잎 떨어지는 소린동 당장 알아채는 분이다. 어무이 모르고 있을 때, 퍼뜩 조치하그라. 아무리 친척 간이라 하드라도 너그 집 코밑에 와서 술잔 나르는 색시 노릇 하는 염치없는 처자가 어디 있겠노."

"참말로 어무이가 알면, 큰 난리가 나겠습니꺼?"

"암, 큰일 나고 말고. 너그 어무이는 1, 2년도 아이고 수년 동안 살얼음을 밟듯이 살고 있다 카는 거는 니도 알고 있을 기다."

그날 밤, 나는 읍내로 삼례를 찾아갔다. 집을 나설 때는 어머니에게 친구를 만나러 간다고 둘러댔다. "니한테도 이제 친구가 생겼다이……" 하며 대견한 듯 웃어 주던 어머니의 얼굴에, 그러나 희미한 그늘이 스쳐 가는 것을 나는 보았다. 그러나 어머니는 내 가슴속에 도사린 음험한 거짓까지 눈치 채지는 못했다.

읍내로 간 나는 그 선술집의 문밖 골목길 흙담장 아래에 쪼그려 앉았다. 그러다가 추워지면 길을 밝힐 때 쓰던 성냥불을 그어 대곤 하였다. 구름이 끼어 주위는 어두웠지만 두려움도 느낄 수 없었다.

나는 두 손을 서로 엇갈리게 접어 양쪽 겨드랑이에 끼고 별도 없는 밤하늘을 마냥 쳐다보며 추위를 견뎌 내고 있었다. 눈이 내리지 않았으므로 삼례가 충동적으로 대문 밖으로 뛰어나와 또다시 오줌을 쌀 거라는 기대는 할 수 없었다. 그런데도 나는 골목길을 미련 두지 않고 떠날 수 없었다.

때때로 그 집 건넌방에서 자지러지는 여자들의 웃음소리가 봇물처럼 터져 나오기도 했다. 그러면 골목길을 가득 메우고 있는 어둠은 아름드리 술 포대같이 출렁거렸고, 그 흔들리는 어둠을 뚫고 목에 흰 털 테두리를 가진 한 마리의 콘도르*가 나타났다. 안데스 산맥 위를 날다가 회오리바람에 휩쓸려 여기까지 온 듯한 그 독수리는 고도를 낮춘 채 가시권 안에서만 계속 빙빙 돌고 있었다. 그 침묵의 새는 계속 매부리코를 곤두세우고 선술집 위를 맴돌았다. 날갯짓 한 번이라면, 건넌방의 수족관을 가차 없이 부수고 들어가 쇠스랑같이 날카로운 발톱으로 삼례를 낚아채 올 수 있을 것이란 예측은 내게 적지 않은 위안을 주었고, 그것이 나로 하여금 살갗을 호비칼*로 에는 듯이 파고드는 강추위 따위는 깡그리 잊어버리게 만들었다.

나는 어느새 콘도르가 되어 구름 낀 밤하늘을 유유히 선회하고 있었다. 내 온몸은 고공의 기류가 뿜어내는 매서운 추위를 막아낼 수 있는 두툼하고 긴 깃털로 촘촘하게 장식되어 있었다. 나는 낮게 드리운 구름을 뚫고 높디높은 하늘로 몸을 솟구쳤다. 상승기류를 타고 순식간에 하늘 한가운데로 치솟은 나는 깃털을 바람

* 콘도르 : 몸 길이가 1미터, 펼친 날개의 길이가 80센티미터 정도 되는 큰 새.
* 호비칼 : 나무 같은 것의 속을 돌려 파내는 데 쓰는 칼.

에 날리며 어디론가 날고 있었다. 얼마 후 나는 보았다. 한동안은 따가울 정도로 눈이 부셨으므로 그것의 실체를 올곧게 알아채지 못했었다.

그것은 눈의 궁전이었다. 가없는 눈산 위에 세워진 눈의 궁전은 하늘의 가장자리 저편에서 보석같이 빛나고 있었다. 빛나는 것은 눈의 궁전만이 아니었다. 그 주위에서 거대한 폭포수처럼 아무런 두려움도 두지 않고 소용돌이치고 있는 눈보라 역시 마찬가지였다. 눈보라의 뒤척임에도 지축을 흔들어 뒤엎을 듯한 굉음이 있다는 사실을 나는 처음으로 깨닫고 있었다. 그 눈보라는 폭풍우와 같은 소용돌이를 멈추지 않은 채, 내가 날아온 방향을 향해 파격적인 속도로 이동하고 있었다.

겨울이 들어서면서부터 어머니와 내가 간절히 바라고 있었던 것처럼, 우리 마을에도 머지않아 폭설이 내릴 것이었다. 바로 그 때였다.

"내 이럴 줄 알았지, 초저녁부터 찜찜하더라니깐."

삼례가 나타난 것이었다. 그녀는 어둠의 자락을 해작이며 내게 다가왔고, 콧등이 마주칠 만치 가까이 다가와 쏘아보는 눈동자엔 살기가 가득 차 있었다. 비위가 몹시 상한 모양이었다. 그녀는 옥수수같이 촘촘하게 박힌 하얀 이를 모두 드러내고, 발부리로 땅만 후비고 있는 나를 한껏 깔보는 조로 뇌까렸다.

"이 촌놈아, 너 왜 자꾸 찾아와서 성가시게 구는 거니? 너네 엄마가 시킨 거니?"

"어무이는 모른다 카이."

"그런데 왜 와서 빈둥거리고 있니? 너 나한테 빚 받을 거라도 있다는 거니?"

"그런 거 없다 카이."

"그런데 왜 자꾸 찾아와?"

나는 바지 주머니에서 성냥을 꺼내 그었다. 소담스럽게 살아나는 성냥불을 그녀의 얼굴 가까이로 가져가 비춰 보았다. 그녀의 얼굴을 적시고 있던 어둠의 여백들이 한 켜씩 지워져 나가면서, 활짝 핀 한 송이의 노란 양귀비꽃이 눈앞에 아련하게 떠올랐다. 아름답기 그지없지만, 1년 중에 단 하루 동안만 혼자서 핀다는 꽃. 간절하게 기다리는 마음이 없는 사람에겐 얼굴도 마주할 수 없다는 도도한 자태의 노란 두메양귀비꽃이었다. 그러나 그때 앙칼진 한마디가 내 귓불을 회초리로 때리고 지나갔다.

"불 꺼, 자식아."

가뭇가뭇 익어 가는 오디알같이 애틋한 빛깔을 띠던 작은 불땀이 꺼지고 나면, 그녀의 등 뒤로 잠깐 밀려났던 어둠의 깃털들이 우리 주위로 하루살이 떼와 같이 자우룩하게 엉겨들면서, 떠올랐던 양귀비꽃도 함께 사그라지고 말았다. 그래서 나는 삼례의 앙탈 따위는 아랑곳하지 않고, 켤 때마다 샛노란 애수가 깃들기 시작하는 성냥불을 연거푸 그어 댔다.

성냥불이 타오르는 가운데 빚어지는 오묘한 분위기는 내 머릿속에서 사라지려는 삼례에 대한 지난겨울의 서글픈 기억도 한 켜 두 켜 회복시켜 주었다. 그런데 그녀는 언제부턴가 입을 굳게 다문 채 죽음처럼 무거운 침묵으로 나를 지켜보기 시작했다. 내가 무려 여덟 개비째의 성냥을 긋고 난 뒤, 그녀는 내 손을 잡으며 어느덧 차분하게 가라앉은 목소리로 물었다.

"너 굉장히 춥지?"

"난 안 춥다 카이."

고개까지 흔들어 대며 아니라고 대답한 순간부터, 삼례는 고개를 숙이고 자신의 발부리를 한참 동안 내려다보았다.

"너 잠깐 기다려."

그녀는 열대어의 지느러미 같은 화사한 옷자락을 이끌며 빠른 걸음으로 수족관 안으로 들어갔다가, 얼마 기다리지 않아 종종걸음으로 되돌아왔다. 그리고 한결 염려가 배어 있는 낮은 목소리로 말했다.

"밤이 너무 깊었어. 성냥을 다 썼다가 돌아가는 길에 웅덩이라도 만나면 어떡할래?"

그녀가 내 손에 쥐여 준 것은, 아직 뚜껑을 뜯지 않아 느끼하면서도 코를 톡 쏘는 유황 냄새가 진하게 풍기는, 개비들이 꽉 들어찬 새 성냥갑이었다. 물론 구름 낀 날씨였으므로 밤길은 몹시 어두웠다. 그러나 나는 그녀가 내게 건네준 성냥은 단 한 개비도 축

내지 않고 집으로 돌아올 수 있었다.

밤 나들이가 빈번해졌을 뿐만 아니라, 혹독한 추위조차 무릅쓰고 밤늦도록 싸돌아다니는 나를 어머니가 의심스러운 눈초리로 바라보기 시작한 것은 바로 그날 밤부터였다. 그러나 어머니는 그 의문에 무척 조심스럽게 접근하고 있었다. 어머니는 나를 다그치지 않았다. 내가 방으로 들어서자마자, 어머니는 말했다.

"세영아, 이것 좀 잡아 주그라."

어머니는 마침 자투리 천으로 이어 붙인 조각보 한 개를 마무리 짓고, 그 가장자리를 재봉틀로 박음질하려던 참이었다. 곁꾼*이 맞은편에 앉아 조각보 한끝을 일직선이 되게 잡아 주지 않으면, 테두리의 박음질이 지렁이가 지나간 자국처럼 삐뚤삐뚤하게 마무리되곤 하였다. 어머니는 좀 더 가까이서 내 모든 것을 관찰하려는 속셈이었다. 조각보 한끝을 잡고 있는 내 손은 몹시 떨리고 있었다. 뼛속까지 배어들었던 추위가 방 안의 온기를 받아 살갗 밖으로 몰아치기 시작한 것이었다.

"니가 요사이 들어서 좀 이상해진 거 알기나 하나?"

심장은 그새 콩 튀듯 하였지만, 나는 고개를 가로저었다.

"니가 요사이 들어서 이상해진 기 분명타 카이. 니 눈동자가 전쟁통에 남편 잃은 젊은 과부처럼 희멀건해진 것부터가 수상타 카이. 그게 그냥 보아 넘길 일이가?"

* 곁꾼 : 일하는 사람의 곁에서 그 일을 거들어 주는 사람.

"어무이도 별소리 다 하니더."

"저 보래. 산전수전 다 겪은 사람들 모양으로 우물쩍주물쩍 넘길라 카는 꼴만 봐도 수상타 카이."

이틀 뒤에 눈이 내렸다. 원래 수줍음을 많이 타는 눈은 언제나 밤에 내려서, 사람들에게 아침에야 그의 자태를 바라볼 수 있게 만들었다. 새벽녘, 우리 집 대문을 긁어 대며 짖고 있는 누룽지의 성화를 듣고 가까스로 눈을 떠 문을 열었을 때, 밤새 내려온 눈은 어느새 뜰을 가득 메우고 있었다. 눈밭 속에서 먹을 것을 찾던 누룽지의 주둥이는 눈으로 범벅이 되어 있었다. 한동안 넋을 잃고, 또다시 펼쳐진 눈의 바다를 하염없이 바라보았다.

눈은 어떻게 해서 차가움과 따뜻함이, 공허함과 팽만함이, 그리고 소멸과 풍요함이 부담없이 서로 오묘하게 어우러져 조화의 절정에 이를 수 있는 것일까. 그것은 산골 마을에 내리는 눈만이 가지는 불가사의한 요술이었다. 그러나 그것들은 완벽한 조율에 힘입어 어느 것이 소멸이며 어느 것이 풍요인지도 판별하기 어렵게 만드는 것이었다.

이튿날 저녁밥을 먹고 난 뒤, 어머니는 느닷없이, 그러나 천천히 옷을 갈아입기 시작했다. 머릿속은 어떤 생각에 잠겨 있는 듯, 그야말로 아주 천천히 옷을 갈아입고 난 뒤 내게 말했다.

"니가 앞장서야겠다."

아닌 밤중에 홍두깨 격이었지만, 나는 어머니의 마음을 정확하게 읽을 수 있었다. 서로의 속내를 재빨리 읽어 내는 재주는 어머니도 나와 비슷했다. 내가 되물어 볼 것도 없이 말을 이었다.

"집을 오래 비워 둘 순 없다. 빨리 되돌아와야 할 기다."

우리는 서둘러 집을 나섰다. 한길에는 지난번에 내린 눈이 엷게 깔려 있었고, 밤하늘엔 달이 떠 있었다. 성냥불도 켜지 않고 우리는 빠른 걸음으로 한길을 따라 읍내 쪽으로 걸었다.

아버지가 저승으로 떠나지 않았는데도, 나들이할 때의 어머니는 전쟁 미망인처럼 줄곧 소복 차림을 고집해 왔다. 달빛까지 어우러져 은박지같이 빛나는 하얀 눈밭 위를 소복 차림으로 걸어가는 어머니의 등에서 엷은 땀 냄새가 나기 시작했다. 어머니의 걸음걸이는 그처럼 활발했다. 두 팔을 앞뒤로 기운껏 내저으며 걷는 어머니의 땀이 밴 겨드랑이에 날개가 달려 있는 것을 발견한 것도 그때였다.

백양나무들이 아득하게 늘어선 눈길 위를 헤엄치듯 하는 하얀 저고리의 율동은 문득 새의 날갯짓을 떠올리게 만들었다. 어머니가 그날 밤 입고 있었던 저고리뿐만 아니라, 그동안 바느질해서 수많은 사람들에게 건네주었던 저고리들에도, 잃어버린 저고리로 말미암아 나무꾼의 아내가 되어 버린 선녀처럼 날아가고 싶다는 끈질긴 소망이 배어 있었다는 것을 깨달았다. 그러고 보면, 어머니의 가슴 뒤쪽에 깔려 있는 소망은 언제부턴가 나와 일치해 왔다는 생각까지 들었다.

우리는 멀고 먼 나라인 눈의 궁전으로 날고 있는지도 몰랐고, 아버지가 살고 있는 도회지로 날아가고 있는지도 몰랐다. 그러나 어머니의 앞장선 발걸음은 어느새, 읍내 입구에 있던 춘일옥 앞을 지나치고 있었다.

건어물 가게 맞은편에 있는 골목길 어귀에서 나는 마른기침을 하며 걸음을 멈추었다. 어머니가 모르는 사이 놓쳐 버린 길목임을 일깨워 주려는 속셈에서였다. 그러나 걸음을 멈춘 기척을 알아채고 뒤돌아보는 어머니의 눈길은 살벌했다. 말 한마디 없이 내게 싸늘한 시선을 보낸 어머니는 읍내의 한길을 향해 내처 걸었다. 그 한길 위에서의 어머니는, 지치고 지친 나머지 바느질감을 방윗목에 밀어 둔 채 한 손을 머리 위에 얹고 평화스럽게 잠들어 있던 그런 모습이 아니었다. 그 순간, 내 발걸음은 천 근의 무게를 담기 시작했다. 그러나 앞장선 어머니의 발길이 선술집 골목 어귀에서 딱 멈추어 섰을 때, 이상하게 가슴속은 편안했다. 도대체 어떻게 눈치를 챈 것일까. 옆집 남자의 귀띔이었을까. 아니면, 가뭄에 콩 나듯이 드나드는 이웃 여자들의 자발없는 고자질이었을까. 어머니가 그 선술집을 알아낸 방법이 무척 궁금했지만, 길 한가운데서 어머니를 잡고 물어볼 말은 아니었다.

어머니가 양해를 구하고 잠시 빌려 든 방은, 그 선술집에서 멀지 않은 한 노파의 집이었다. 방 한편에는 접시에 석유를 채우고 등심을 얹어 불을 댕긴 접시등이 타고 있었다. 등심이 담겨 있는 접시등은, 흡사 소택지 수면 위로 떠오른 붕어를 건져 내어 배를 따 놓은 것같이 내장이 모두 밖으로 드러나 있었다. 속창까지 뒤집어 보이는 접시등을 처참한 심정으로 바라보고 있는 나에게 어머니가 분부를 내렸다.

"삼례를 이리로 데리고 오그라."

삼례의 모든 것을 내 작정대로 좌지우지할 수 있는 것처럼 그렇게 말했다. 어머니의 억지와 심술궂음에 나는 기가 막혔다. 하지만 당장 뾰족한 방책이 없었던 나는 쏜살같이 노파의 집을 벗어나 선술집 골목 어귀로 달려갔다. 나중에 어떤 결말이 나든 어머니가 근방에 와 있다는 사실만은 삼례에게 알려 줘야 한다는 다급한 마음에서였다. 그래서 그날 밤만은 골목 밖에서 그녀가 나타나기를 하염없이 기다리고 있을 수 없었다.

뜰 안으로 들어가서 불 켜진 건넌방을 향해 삼례를 불렀다. 밤의 애수가 묻어나는 매혹적인 불빛이 출렁거리는 수족관의 문이 열렸고, 열대어같이 알록달록한 옷차림새인 삼례의 얼굴이 곧장 나타났다. 입에서 억 소리가 나도록 기겁을 하고 놀란 사람은 삼례였다. 그녀는 내가 집 안에까지 들어와 우렁찬 목소리로 자신을 찾으리라곤 예상하지 못했던지, 기가 질린 시선으로 바라보았다.

그녀는 시선을 줄곧 내게 박은 채, 느릿느릿 툇마루에서 내려섰다. 그러나 어느새 내 멱살을 잡아서 비틀어 쥐고 대문 밖까지 끌고 나갔다. 그녀가 잡은 손을 놓아준 것은, 내 입에서 어머니가 근처에 와 있다는 목멘 말을 듣고 난 뒤의 일이었다. 우리는 누가 먼저랄 것도 없이 골목길 담벼락에 기대고 나란히 앉았다. 그녀는 저고리 소매에서 손수건을 꺼내더니, 침을 발라 가만가만 입술과 연지볼의 화장을 지우고 있었다.

"누나, 화장 닦지 말그라."

"왜?"

"그냥."

그녀는 한참 만에 나지막하게 대답했다.

"그러는 게 아니다."

우리는 밤하늘을 바라보며 앉아 있었다. 그날 밤따라 더욱 넓고 높아 보이는 하늘에는 수많은 별들이 깔려 있었다.

"너 그거 알아? 하늘의 별들도 밤이 되면, 밤똥을 싼다는 거?"

나는 픽 웃었다.

"그런 기 어딨노? 별들이 무슨 똥을 싼다고."

그 순간, 삼례는 불쑥 화를 내면서 핀잔을 주었다.

"나이를 열네 살이나 먹은 자식이 그것도 몰라? 별이 똥을 안 싸면, 별똥별이란 말은 왜 생겨났겠니?"

이토록 초조한 시간에 삼례는 또 엉뚱한 말을 하고 있었다. 그러나 삼례는 치마를 털고 일어나면서 들릴락말락하게 중얼거렸다.

"이 세상에서 나보고 감히 이래라저래라 간섭할 놈은 없어. 난 나 혼자란 말이야. 그런데 참 이상해. 너네 엄마라면, 왜 주눅이 드는지 나도 모르겠어. 너네 엄마도 물똥이나 오지게* 싸 버렸으면 좋겠다."

우리는 천천히 골목을 벗어났다. 한길로 나서자, 나는 그 노파의 집을 가리켰고, 그때부터 삼례가 앞장을 섰다.

접시등을 사이에 두고 마주 앉으면서 삼례는 곧은 눈길을 어머니의 이마에 꽂고 있었지만, 인사는 건네지 않았다. 방 안을 희미하게 밝히는 접시등의 애매한 불빛을 받으며 마주 앉은 두 여자의 모습은 울적하고 초라해 보였다. 삼례가 방 안에 앉는 것을 보고 나는 문을 닫아 준 뒤 툇마루에 쪼그리고 앉았다. 침묵이 흘렀지만, 내가 은근히 바라고 있던 울음소리는 터져 나오지 않았다. 흐느끼는 소리를 들을 수 없었다는 것은 내게 실망스러운 일이었다. 먼저 말문을 연 사람은 어머니였다.

"니가 한 번 떠난 이 고장으로 우째서 되돌아왔는지, 대강은 알만하다. 니 나름대로는 속셈이 있었겠제. 니 팔자가 두 번 다시 돌이킬 수 없는 처지까지 왔다는 거 나도 알고 있다."

목소리는 높지 않았지만, 가슴을 파고드는 어머니의 말은 따끔했다. 삼례에겐 싫다 하더라도 들어야 할 말이었다. 그녀의 대답은 뭘까. 그러나 의외의 말이 삼례의 입에서 떨어졌다. 그녀는 문 밖에 있는 내게 말했다.

"세영아, 방으로 들어와."

* 오지게 : 많이.

"세영이야 어디에 있든 니가 중뿔나게* 간섭할 일이 아이다."

어머니의 앙칼진 한마디가 그녀의 말을 가로막았다.

"세영이가 얼어 죽어도 좋겠습니까?"

"얼어 죽든 말든 니가 무슨 상관이고?"

"그건 바로 내가 할 말이지만, 참지요. 세영이가 밖에 있는 것은 나 때문이잖아요. 세영이가 얼어 죽어도 좋겠습니까?"

"니만 내 말을 똑바로 알아듣고 처신해 준다면, 쟈가 얼어 죽기 전에 우리는 여길 떠날 기다."

"무슨 말씀인데요?"

"한시가 급하다. 니한테 무슨 어려움이 있다 카드라도 퍼뜩 여길 떠나그라. 우리 마실 사람들이 니를 우리 친정집 친척으로 알고 있다는 거 니도 알고 있제? 그런데 이제 내가 나서서 친척이 아이라고 변명하고 들면, 더욱 비웃음거리가 된다는 것도 니가 모르지는 않겠지러? 사람들이 니하고 내 사이의 올곧은 내막은 모르고, 니 형편이 남의 손가락질 받게 되자 꾸며 낸 거짓말로 둘러댄다 안 카겠나. 우리 친정집 가문에 니 같은 여자가 하나라도 있다 카면 내가 입이 열 개라도 할 말이 없다 카지만, 친정집에는 가문에 똥칠하는 니 같은 여자가 아직 한 명도 없었다. 니하고는 아무 상관도 없는 가문에 똥칠까지 하게 되었다면, 한시 빨리 여길 떠나 줘야 안 되겠나."

* 중뿔나게 : 아무 관계가 없이, 주제넘게.

"친정집 친척이라고 말한 것은 내가 아닌데요?"

"그 말은 맞다. 내가 둘러댄 말이제. 하지만, 이런 망측스러운 꼴을 보게 될 줄 내가 어떻게 알았겠노. 그땐 우리 집 일들이 남의 구설수에 오르내리는 것이 싫어서 남에게는 친척으로 대접했던 기라. 그런 마음을 철부지가 아인 니도 짐작하고 있었기에, 나한테는 말 한마디 없이 마을을 떠난 기 아이겠나. 나를 온전한 친척으로 여겼다면, 니가 고삐 풀려서 갈팡질팡하는 소 새끼 모양으로 말 한마디 없이 집을 떠날 수 있었겠노?"

나는 떨고 있었다. 선술집 골목 밖에서 기약도 없이 삼례를 기다리고 있었을 때는 전혀 느낄 수 없었던 추위가 온몸을 옥죄며 파고들었다. 그러나 마음속으로는 추위가 더욱 지악스럽게* 내 살갗을 파고들어 뼛속까지도 도려낼 듯한 처절한 아픔으로 전달되기를 기다렸다. 급기야는 정육점 서까래에 내걸린 돼지고기처럼 내장까지도 꽁꽁 얼어붙고 말아서 온 마을이 발칵 뒤집히는 노력에도 불구하고 결국은 온전한 육신으로 되돌아갈 수 없을 정도로 얼어붙어 주기를 바랐다. 그래서 나는 더욱 떨려 그 반동으로 툇마루가 삐그덕거리는 소리가 방 안에까지 들릴 수 있기를 바라고 있었다. 나는 그때서야 파고드는 추위를 막기 위해 틀어쥐고 있던 윗도리 깃에서 손을 내렸다. 그러자 이젠 배꼽노리*까지 떨려 오

* 지악스럽게 : 어떤 일에 악착같이 덤벼드는.
* 배꼽노리 : 배꼽이 있는 언저리나 그 부위.

기 시작했다.

그때 방 안에서 삼례의 한마디가 들려왔다.

"세영이를 방으로 들어오게 하면, 떠날지 말지 말씀드리지요."

"니가 생각 안 해 줘도 이만한 일에 얼어 죽을 만치 병약한 아는 아이다."

나는 내키지 않는 거동으로 방 안으로 들어가 앉았다. 삼례의 시선이 잠깐 내 이마를 스쳐 갔다. 그때 나는 그녀의 눈가에 눈물이 배어난 것을 발견하였다.

"알겠어요. 떠날게요."

그때 어머니는 치마 속으로 손을 집어넣었다. 그 속에서 염낭주머니 하나를 꺼내 들었다. 삼례와 내가 물끄러미 바라보는 가운데 어머니는 염낭 속에서 스무 장이 넘는 고액권을 헤아려 냈다. 손때가 덜 묻은 새 지폐만 골라 보관해 온 돈이라는 것을 금방 알 수 있었다. 어머니는 그것을 여송연*처럼 똘똘 말아서 다시 고무줄로 탱탱하게 다져서 동였다.

"나도 가슴이 아프다 카이. 그렇지만 우짜겠노. 니가 떠나 줘야 마실이 조용하고, 세영이가 조용하고, 나도 조용하게 살 기다."

어머니는 삼례의 손을 가만히 끌어당겨 돌덩이같이 다져 묶은 지폐를 쥐여 주었다.

"이 돈은 보통 때는 없는 양 잊어뿌리고 있다가, 니 생각에 인제

* 여송연 : 담뱃잎을 썰지 아니하고 통째로 돌돌 말아서 만든 담배.

는 오도 가도 못하는 절벽을 만났구나 싶을 때 쓰그라."

똘똘 말아 다지고 다진 지폐를 건네받은 삼례는 어머니를 외면한 채, 심지를 태우고 있는 접시등만 바라보고 있었다. 그러나 눈물을 짜내고 있지는 않았다. 어머니는 일어서면서 말했다.

"세영이 니도 몸을 녹였으면 퍼뜩 가자."

우리 세 사람은 제각기 그 노파의 집을 떠났다. 어머니는 내가 삼례를 뒤돌아볼 말미조차 주지 않으려고 나를 앞장세운 뒤 길을 재촉했다. 골목 밖을 지키고 있던 누룽지가 걸음이 빨라진 우리 뒤를 바짝 죄며 뒤따르고 있었다.

오던 길에 보았던 눈길은 희미하게 드리운 밤의 자락 아래로 하얗게 뻗어 있었다. 읍내 길을 잽싸게 벗어나 먼 산자락 아래로 마을의 윤곽이 뿌옇게 바라보이는 지점에서 어머니는 갑자기 밭은기침을 토해 내기 시작했다. 창자까지 토해 낼 듯 지악스러운 기침을 길가의 백양나무 등걸을 붙잡고 진정시킬 동안, 나는 마을 앞으로 뻗어 난 방천둑에 시선을 빼앗기고 있었다.

"세영아, 좀 쉬었다 가자."

어머니는 두 손으로 저고리 앞섶을 틀어잡은 채, 한길 가 돌더미에 앉았다. 나는 희미한 밤빛 아래로 서쪽의 시작과 동쪽의 끝을 분별하기 쉽지 않은 방천둑으로 줄곧 시선을 박으며, 현란한 노을이 재현되기를 바라고 있었다. 지금은 노을 대신 회색의 밤빛이 방천둑을 덮고 있었지만, 내가 바란다면 노을은 밤빛을 멀찌감치 밀어내고 방천둑 위로 무리 지어 내릴 것 같았다. 그러나 아무리 기다려도 그런 이변은 일어나지 않았다. 뿐만 아니라, 방천둑의 외길을 따라 피던 노란 씀바귀꽃과 가녀린 꽃다지와 꽃잎이 동글동글한 피나물, 그리고 눈 속에서도 꽃잎을 피우는 괭이눈도 내 뇌리에선 어느새 사라지고 없었다.

흔하고 사소한 것들이었으므로 내겐 오히려 소중하게 여겨졌던 그 모든 것들이, 어느새 내 상념의 바깥으로 사라져 버렸다. 드디어 내 두 눈에 눈물이 핑 돌았다. 등 뒤에서 어머니의 처연한 독백이 들려왔다.

"사실 니만 아니었다면…… 나도 삼례를 따라 떠나고 싶었대이. 마음은 항상 구름같이 떠다녔제. 그런데…… 어찌 된 일인동 이제는 가슴속이 홀가분해졌대이. 내가 삼례한테 건네준 돈은, 삯전을 받을 적마다 너그 아부지를 생각해서, 그중에 때가 덜 묻은 새 돈만 골라 한 닢 두 닢 모았던 것이다."

나는 몰래 옷소매로 눈 가장자리를 훔치며, 돌더미로 가서 어머니와 등을 지고 앉았다.

"그런데 그 살돈*을 미련 두지 않고 삼례한테 줘 뿌리고 나이, 인제는 내 꿈자리가 뒤숭숭할 까닭도 없어졌고, 내 마음이 뜬구름 위에 얹혀 있을 핑계도 없어졌대이. 너그 아부지 계시는 곳을 알아냈다 카드라도 찾아 나설 엄두도 내지 못하게 되었지만, 마음은

* 살돈 : 노름의 밑천이 되는 돈. 여기서는 '소중히 아껴 둔 돈'을 말함.

오히려 하늘로 날아갈 듯이 홀가분해져 뿌렸다. 이제사 돈이 제 갈 길을 찾아간 기다. 나는 가슴속에 품은 원한의 멍에를 벗게 되었고, 삼례는 그 돈을 지 팔자에 합당할 만치 유용하게 쓰게 되었다."

그제야 어머니는 울고 있었다. 그리고 눈물을 훔치던 당신의 명주 목도리를 벗어, 떨고 있는 내게 덮어 주면서 말했다.

"가자, 밤이 깊었다. 겨울밤에 흔하게 보이던 은하수도 없네."

그날 밤, 나는 어머니의 권유로 모처럼 안방에 잠자리를 폈다. 어머니는 구들장이 따뜻한 아랫목에서, 그리고 나는 재봉틀이 놓여 있는 윗목 차지였다. 천장을 향해 반듯하게 누운 어머니는 정말 마음이 홀가분해졌는지, 이불 속에 몸을 넣자마자 금방 깊은 잠 속으로 빠져 들었다.

나는 높낮이가 일정한 어머니의 숨소리를 듣고 있었다. 저절로 눈이 감길 것같이 전염성을 가진 숨소리였는데도 잠이 오지 않았다. 그 노파의 집을 나서서 선술집 골목 안으로 돌아가던 삼례가 나를 흘끗 쳐다보던 눈빛이 뇌리에서 떠나지 않았다.

지극히 짧은 한순간, 내 눈 언저리를 스쳐 간 삼례의 눈빛에는 어떤 의미가 담겨 있었을까. 아무리 생각해도 가슴에 와 닿는 해답을 얻어 낼 수 없었다. 그리고 그런 의미조차 선명하게 가려 낼 수 없는 내 열네 살의 나이 속에 참담하게 멈춰 있는 치기*와 미숙

* 치기 : 어린애 같은 유치하고 철없는 감정이나 기분.

함이 아쉬웠다. 그리고 어느덧 나는 잠 속으로 곯아떨어졌다.

이른 새벽 눈을 떴을 때, 아랫목에서 잠들었던 어머니와 윗목이었던 내 잠자리가 서로 바뀌어 있다는 것을 알아차렸다. 나는 어둠 속에서 눈을 뜨고 누운 채로, 윗목의 벽을 향해 돌아누워 잠든 어머니의 쇠잔한 뒷모습을 바라보았다. 잠든 사이에 있었던 어머니의 배려에 흘린 눈물이 코 언저리를 타고 내렸다. 어머니는 내가 삼례와 헤어졌다는 것을 벌써 알아채고 있었던 것이다. 그녀와 헤어진 내 가슴에 싸늘한 앙금이 가라앉았다는 것도 일찌감치 알고 있었다.

나는 연습장을 뜯어 연필심에 침을 발라 가며 그림을 그리기 시작했다. 그러나 연습장의 거의 반을 뜯어 내고도 삼례의 얼굴이 선명하게 떠오르지 않아 흡족하게 그림을 완성할 수 없었다. 열 권의 연습장을 모두 거덜 낸다 할지라도 삼례를 닮은 얼굴을 그려 낸다는 것은 불가능한 일일 것이었다. 왜냐하면, 그린다는 이름을 빌린 그 작업이, 실제로는 밑그림 위에 자수를 놓듯, 만화에 그려진 여자 주인공의 얼굴을 그대로 베껴 그리는 것에 불과했기 때문이었다. 만화의 주인공과 삼례 사이에는 모든 것에서 엄청난 거리가 있을 수밖에 없었다. 하지만, 나는 그 거리에 조금도 얽매이지 않았다. 언제나 슬픈 줄거리 속에서 눈물로 세월을 살아가야 하는 만화의 여주인공을 바로 삼례라고 생각했기에. 그러면서도 어떤 땐 떨치고 일어나 읍내로 발길을 향했다가 중도에서 되돌아오는 미완의 여정을 되풀이하곤 하였다.

나는 그녀를 생각하며 그려 왔던 연습장의 그림 한 장을 접어 담구멍 속에 밀어 넣었다. 지난겨울, 그녀 혼자만 알고 소중한 것들을 숨겨 왔던 그 담구멍이었다. 그곳은 그녀와 나만 알고 있는 장소일 수도 있다는 생각이 들었다. 그러나 막연한 기대로 몇 번인가 그곳을 살펴보았지만, 삼례가 다녀간 흔적은 없었다.

그런데 삼례를 대신한 것처럼 30대 초반의 여자가 홀연히 우리 집에 나타난 것은 12월 하순 무렵이었다. 마을 앞을 지나는 마지막 차를 놓쳐 버린 여자였다. 난처한 중에 마을을 기웃거리다가 우리 집으로 찾아와 추위에 언 몸을 잠시 녹여 갈 것을 청한 것이었다. 얼핏 보기에도 여자는 새침한 빛이 어린 갸름한 얼굴로 곱상스러웠지만, 긴 여행으로 어느덧 기력은 증발하고 탈진한 상태였다. 그러나 쉬어 갈 것을 핑계로 끼니를 구걸하려는 속셈은 아닌 것 같았다.

그 여자는 황혼 무렵의 햇살이 엷게 묻어 있는 툇마루 한쪽에 걸터앉으며 헛기침을 토해 냈다. 첫 월급 봉투를 받아 든 사람의 헛기침같이, 어딘가 모호하고 조금은 과장되어 들리는 그런 기침 소리였다.

여자의 옷차림새도 긴 여행을 하고 있는 여자답지 않게 모호한 점이 많았다. 굽이 높은 빨간 구두, 그리고 아이를 업고 먼 길을 떠나기엔 너무나 거추장스러웠을 감청색 투피스 차림이 그랬다.

그것은 등에 업고 있는 아이만 벗어 던지고 나면, 그 아이와 연관된 모든 삶의 중력을 냉큼 벗어 버리고 전혀 다른 모습의 여자로 변신하고 말겠다는, 파괴적이고 모험적인 저의가 엿보이는 차림새였다.

때마침 여자는 포대기를 풀고, 등에 업고 있던 아이를 차가운 마룻바닥에 그대로 내려놓았다. 파리한 입술로 고개를 뒤로 한껏 젖히고 깊은 잠에 곯아떨어져 있던 아이는 마루 위로 뒹굴었는데도 포대기를 싸안은 채로 잠에서 깨어나지 않았다.

아이가 잠에서 깨어난 것은, 서둘러 아이를 내려놓은 그 여자가 측간에 다니러 간 사이였다. 내가 보기에도 여자는 아이가 울음을 터뜨릴 때를 기다리는 것처럼, 식도가 컥컥 막힐 정도로 매캐한 냄새를 피우는 측간에서 꽤나 오랜 시간을 끌었다. 그동안 하반신이 추위 속에 노출된 아이가 가릉가릉 가래를 끓이며 울기 시작했다. 이제 막 한 돌이 지나 젖을 뗐을까 말까 한 사내아이는 성깔은 지악스럽지 않은지 발악하며 울지는 않았다.

방 안에 있던 어머니가 문을 열어 본 것은 아이가 울음을 터뜨린 뒤였다. 때마침 여자가 어깨를 발발 떨며 측간을 나서고 있었다. 꽁꽁 얼어붙은 추위 속에서 울음을 터뜨린 아이가 안쓰러웠던 어머니는 그들 모자를 방으로 불러들였다. 맨 처음 그 여자가 어머니에게 양해를 구했던 것은 툇마루에서 잠깐 쉬다 가겠다는 것이었다. 방으로 들어선 여자에게 아랫목을 가리키며 어머니가 물었다.

"어디로 가는 길이라 캤습니꺼?"

"포항까지 가는 중이에요."

"저런 낭패가 있나. 지금은 마을을 지나가는 차가 끊어지고 없을 긴데……."

"읍내까지만 가면, 여인숙이 있다는 얘기를 들었어요."

"이 겨울에 젖먹이를 업고 먼 길을 나섰네요."

방 안의 안락한 온도에 몸을 내맡기고 있던 여자는 고개만 끄덕였다. 겨울 삭풍의 한가운데를 가로지르는 먼 여행길에 오른 속사정을 구태여 털어놓지 않으려는 여자의 참담한 기분을 모르지 않을 어머니도 재봉틀로 뒤돌아 앉으며 말했다.

"몸이 녹을 때까지 쉬었다 가소."

아직도 칭얼거리는 아이의 입에, 여자는 딱딱할 정도로 말린 북어포를 물려 주고 있었다. 그 북어포는 실로 꼬아 만든 아이의 목걸이에 매달려 있던 것이었다. 여자가 매달린 북어포를 아이의 품속 어디에선가 끄집어내어 입에 물려 주자, 사뭇 칭얼거리던 아이의 울음소리가 씻은 듯이 뚝 그쳤다.

뒤돌아 앉아 재봉틀을 돌리고 있던 어머니의 시선이 흘끗 아이에게 머물렀다. 말린 홍합이나 전복을 실에 꿰어 금방 젖을 뗀 아이의 목에 걸어 주고 수시로 빨게 하는 일은 흔했지만, 북어포를 그렇게 한 것은 어머니도 처음 보았던 것이다.

울음을 그친 아이는 누운 채로 눈망울을 두리번거리며 북어포를 빨기 시작했고, 여자는 벽에 등을 기대고 앉아 어머니의 바느질을 초점이 흐린 눈으로 바라보고 있었다. 시간에 쫓기고 있는 사람의 거동이 아니었다. 아니나 다를까, 아이가 그것을 빨고 있는 동안, 여자는 앉은 채로 벽에 등을 기대고 잠 속으로 빠져 들었다.

"얼마나 곤했으면, 방에 들어앉자마자 저렇게 잠들어 버릴꼬."

어머니는 들릴락말락 그렇게 중얼거리며 혀를 찼다. 나는 자신의 한쪽 목덜미를 가만히 괴고 있는 그 여자의 하얀 손목을 보고 있었다. 힘든 일을 한 흔적이 보이지 않는 손바닥에는, 가로세로 복잡하게 그어진 손금만 선명하게 드러나 있었다. 그녀가 잠들기를 기다렸다는 듯이 어머니는 재봉틀 돌리는 일손을 멈추었다.

"깨우지 말그라."

부엌으로 나가면서 어머니는 정색하고 내게 말했다. 나는, 잠든 제 어미를 의식하지 못한 채 한결같이 북어포만 핥고 있는 아이를 내려다보았다. 포대기 밖으로 나온 아이의 팔다리는 겨릅*같이 수척해 있었다. 타고난 천성이 매우 순한 아이인 것만은 틀림없었다. 내가 처음부터 달갑지 않은 시선으로 쏘아보고 있는데도 아이는 상관하지 않고 북어포를 계속 핥고 있었다.

내 시선은 어느덧 거의 건성으로만 반복되고 있는 아이의 동작에 줄곧 머물러 있었다. 아이의 입놀림에서는 철부지들이 갖고 있는 게걸스러움이나 안달은 찾아볼 수 없었다. 그것은, 씹지는 않

* 겨릅 : 껍질을 벗긴 삼대.

고 핥기만 하는 단순한 동작만을 반복시키는 훈련 과정을 통해서 만 터득될 수 있는 것이었다. 흔히 아이들 입에 물려 주는 홍합이나 전복의 살결은 어른들의 이로도 찢어 내기 거북할 정도로 질겼다. 그러나 북어포의 살결은 그렇지가 않았다. 시간의 차이는 있을 수 있겠지만, 금방 젖을 뗀 두 살배기 연약한 이로도 충분히 살결을 찢어 낼 수 있었다. 다만 입술로 핥기만을 훈련받아 왔으므로 북어포는 비교적 온전한 원형을 유지하며 아이의 목에 매달려 있었던 것 같았다.

나는 다시, 곯아떨어진 여자의 얼굴을 뚫어져라 바라보았다. 작은 얼굴에 이목구비가 오종종하게 박혀 있었지만, 아무리 보아도 가난에 찌든 얼굴은 아니었다. 어머니가 그랬던 것처럼 이젠 한 손을 이마에 얹고 잠이 든 여자의 얼굴은, 그러나 자기 집 안방에서 잠든 사람같이 평화로워 보이기만 했다.

때마침 부엌에선 물 끓이는 소리가 들려왔다. 어머니는 이 불청객에게 끼니 대접까지 할 모양이었다. 그러나 바가지로 솥의 물을 헹궈 내는 소리가 보통 때처럼 다소곳하지 않았다. 바가지를 몇 번인가 부엌 바닥에 떨어뜨리는 소리가 들려왔다.

나는 문을 열고 툇마루로 나섰다. 산자락 아래로는 벌써 저녁 이내가 깔리고 있었다. 이웃집 굴뚝에서 피워 올리는 검은 연기들이 을씨년스러운 회오리바람을 타고 마을의 북쪽 계곡으로 희끗희끗 달려가고 있었다. 누룽지가 우리 집 대문턱에 턱을 걸고 앉아 나를 바라보고 있었다. 바람이 대문께를 몰아칠 적마다, 누룽지는 눈을 껌벅거렸다.

밥이 뜸들 때까지 여자는 잠에서 깨어나지 않았다. 방 안을 가득 채운 밥 냄새를 맡고서야 소스라쳐 일어났다. 여자의 놀란 시선이 방 한가운데 놓인 두루거리 밥상*을 거쳐 찬거리를 챙기느라고 숙인 어머니의 이마에서 멈추었다.

"죄송합니다. 곧 챙겨서 떠나지요. 깜빡 잠이 들고 말았네요."

"이런 엄동설한에 한데서만 헤매다가 방 아랫목에 앉았다면, 잠 안 들고 배겨 낼 장사가 있겠습니껴. 기왕 끼니때가 되었으이 저녁이나 먹고 떠나소."

"이런 폐까지 끼칠 생각은 없었는데……."

대화는 끊어졌고 분위기가 다소 어색해진 가운데, 잡곡밥에 멀건 된장국과 시큼한 군내가 나는 김치가 곁들여진 조촐한 식사가 시작되었다. 긴 여행에 지쳐 있어 아이의 식사쯤은 신경 쓰지 않으리라는 예측과 달리 여자는 야무지게 아이를 거두고 있었다. 첫 밥술을 살짝 떠서 입에 넣어 씹는가 하였더니, 조금씩 뱉어 내어 아이의 작은 입에다 밀어 넣었다. 아이가 목을 뒤로 빼낼 때까지 그렇게 몇 번이나 거듭했다.

비로소 여자는 밥을 먹기 시작했다. 그러나 얼마 먹은 것 같지도 않았는데, 곧장 수저를 놓고 말았다. 그때 어머니가, 놓아 버린

* 두루거리 밥상 : 여럿이 둘러앉아 함께 먹도록 차린 상.

여자의 숟가락을 잽싸게 집어 들더니 여자의 손목을 끌어당겨 쥐여 주며 말했다.

"부담 갖지 말고 양껏 드소. 내가 나중에 밥값 달란 소리 할까봐서 사양하십니껴? 나는 그런 사람 아입니더."

여자는 어머니의 권유에 못 이겨 다시 수저를 들었다. 그러나 역시 입맛이 당기지 않는 모양이었다. 밥그릇을 시늉으로만 께적거리고 있었다. 내켜하지 않는 여자의 태도가 눈에 거슬렸던지 어머니도 더 이상은 권하지 않았다. 때마침 그날 밤에 내린 눈은 여자의 피곤한 여정에 숨 돌릴 짬을 줄 더할 나위 없는 핑계가 되었다.

아궁이에 군불 대신 피워 놓은 왕겨의 비릿한 냄새가 방에까지 스며 들어와 설핏하게 고였다. 두 사람은 알을 품은 암탉처럼 포근하게 그리고 정성스럽게 앉아 조각보를 다듬고 있었다. 나는 잠 속으로 떨어져 버렸지만, 잠결에 변덕스럽거나 자극적인 것이 제거되고 먼지같이 가벼워진 두 사람의 도란도란한 말소리가 들려오기도 했다. 서로 비슷한 점이 없는데도 나누는 대화 속에서는 눈곱만 한 갈등도 느낄 수 없었다.

밤사이 잠투정조차 없었던 아이가 깨어난 것은 해가 뜰 참인 이튿날 새벽이었다. 아이가 칭얼대자, 여자는 곧장 잠에서 깨어나 건조한 목소리로 말했다.

"이 애는 꼭 이때만 되면 오줌을 뉘어야 해요."

어머니가 들으라고 그렇게 말하는 것 같았다. 이불깃을 들치고 부스럭거리는 소리가 들리고, 그리고 방문을 여닫는 소리가 들려왔다. 툇마루에 둔 요강에 소변을 마친 아이는 소리 없는 장난감처럼 다시 새벽잠이 들었고, 어머니와 여자는 자리에서 일어났다.

여자의 걱정스러운 말소리가 들려왔다.

"눈이 많이 내렸어요."

내가 누워 있는 도장방 쪽으로 고개를 돌린 어머니의 분부가 떨어졌다.

"세영아, 정지* 앞의 눈이라도 치워야겠다."

가까스로 일어난 내가 뜰로 나가 넉가래*를 찾아 들었을 때, 그 여자도 툇마루 밖으로 모습을 드러냈다. 정결한 얼굴에서는 지난밤의 피곤은 찾아볼 수 없었다. 담장 너머로, 산 구릉을 따라 곡선을 이루며 펼쳐진 설경에 잠시 시선을 빼앗기고 있던 여자가 말했다.

"총각, 이리 줘 볼래요. 내가 한번 해 볼게요."

여자는 하얀 손을 내밀어 내가 들고 있는 넉가래 자루를 잡아채려 하였다. 따뜻한 손바닥이 사양하는 내 손등을 잡았다. 그 순간, 나는 울컥 삼례가 보고 싶었다. 이 상냥한 손길이 삼례의 것이길 바랐다. 지난밤에 내린 눈 속에서 그녀는 어디에 있었을까. 삶의 무게중심이 호들갑스럽게 흔들리거나 이동해도 전혀 두려움을 갖지 않

* 정지 : '부엌'의 방언.
* 넉가래 : 곡식이나 눈 따위를 한곳으로 밀어 모으는 데 쓰는 기구.

는 그녀는, 지난밤의 눈을 어디서 맞이했을까. 여자가 물었다.

"총각 이름이 세영인 모양이지요?"

나는 몸을 돌린 채로 고개만 끄덕였다.

"나이는 열넷이라던데, 맞아요?"

어느 누구도 내 나이를 물어 오면 달갑지 않았다. 버려진 건물 앞에 놓여 있는 시멘트 계단처럼 무의미하게 먹어 버린 열넷이란 내 나이에는 무엇으로부터 항상 외면당하는 것 같으면서도 또한 무엇으로부터 끈질기게 미행당하고 있는 듯한 피해 의식이 깔려 있었다. 그런데 어머니는 시시콜콜 내 나이까지 말해 버렸구나 싶었다.

갈 길이 바쁜 이 여자에게 중요한 것은 내 나이나 물어보는 태평스러운 일은 아닐 것이었다. 그래서 나는 들은 척도 않고, 마침 그녀를 보고 달려와 짖고 있는 누룽지를 달래며 딴전을 펴고 있었다. 나에게 냉담한 대접을 받은 여자도 눈치 빠르게 금방 말문을 닫았다. 여자는 한동안 부엌문 앞에 쌓인 눈을 넉가래로 열심히 밀어냈다. 목덜미에서 더운 김이 피어나고 있었다. 그때 어머니의 핀잔이 등 뒤에서 들려왔다.

"세영아, 니가 하지 않고 뭐 하고 있노?"

여자는 이마에 맺힌 땀을 과장된 몸짓으로 씻으며 넉가래를 건네주었다. 아이는 우리가 아침밥을 먹을 때까지 잠에서 깨어나지 않았다. 수면제를 먹인 것이 아닐까 의심될 정도였다. 아니면, 정신 발육이 올곧지 못한 아이는 아닐까. 그러나 여자가 아이를 깨우자, 아이는 언제 잠에서 깨어났느냐 싶게 투정도 없이 또렷한 눈망울을 하고 여자가 떠 주는 밥을 받아 먹었다. 어머니가 감탄해서 말했다.

"용키도 하제. 알라가 낯을 가리지도 않네."

"글쎄요. 나도 이상하네요. 괴팍스러운 앤데, 이상하게 낯을 가리지 않네요."

"겉보기에는 입이 짧아 보이는데, 찬 없는 밥을 잘도 먹어 주이 고맙고……."

"말은 못하지만, 아기가 객지라는 것을 알고 있는 모양이지요."

"그나저나 동서로 높은 재가 가로놓인 외진 마실이라서, 이렇게 눈이 내릴라치면 대엿새는 차편이 끊어지기 십상인데……."

"글쎄요, 나도 걱정이네요."

"포항까지라면 쉽지 않은 길이시더. 눈이 대강 녹은 다음에 떠나도록 하소."

"고맙지만, 중간에서 차일피일 미루고 있을 처지가 못 돼서요."

"그러나 길이 막힌 처지를 어떻게 할라꼬요."

"읍내까지 가 보면 혹여 차편이 있지 않을까요?"

"읍내라고 눈이 내리지 않았을라꼬요. 차편을 구한다 할지라도 눈길이 온전치는 못할 긴데."

여자의 출발을 말리고 있는 어머니를 이해하기란 쉬운 일이 아니었다. 대문 밖으로 나서기만 하면, 익숙하게 만날 수 있는 이웃집 아낙네들과도 교분을 두지 않고 있는 어머니가 낯선 그 여자의 여행길을 굳이 말릴 까닭이 없었다. 더욱이나 어머니는 인사치레로 마음에 없는 말을 내뱉고 나서 금방 후회하는 아둔한 여자가 아니었다. 더욱더 이해할 수 없는 것은, 이 눈길에 어머니가 말리는데도 불구하고 여자는 기어이 마을을 떠나려 한다는 것이었다. 지난해 겨울의 삼례처럼, 구타와 수모를 견디면서 우리 집에 눌러 있으려는 속셈을 가진 것이 아니었다. 나는 한동안 그 여자를 오해하였던 것이었다.

어머니가 간곡하게 말리자, 여자는 못내 초조해하면서 하룻밤을 더 묵었다. 그러나 사흘째가 되던 날에는 아침밥을 먹는 대로 차편을 알아봐야 한다면서 읍내에 나갔다. 읍내까지 다녀오자면, 게을리 걷는다 해도 한 시간, 그동안 아침잠에 곯아떨어져 있는 아이는 어머니가 돌보기로 했다. 그러나 그 여자는 네 시간이 흐른 뒤에도 돌아오지 않았다.

나는 난생처음, 낯선 여자를 아침부터 해 질 때까지 기다렸다. 그리고 짧은 겨울 해가 뉘엿뉘엿 지기 시작할 무렵부터 나는 풀 방구리를 곁에 둔 생쥐처럼* 방과 골목 밖의 한길을 수없이 드나들면서, 그 여자가 나타나기를 기다렸다. 그런데 헛일이었다.

* 풀 방구리를 곁에 둔 생쥐처럼 : 자주 드나드는 모양을 비유적으로 이르는 말. 방구리는 주로 물을 긷는 데 쓰는 질그릇.

내가 어머니를 발견한 것은, 해가 지고 방에 등잔을 밝히고 난 뒤였다. 어머니는 그 여자가 우리 집에서 나간 뒤, 단 한 발도 문밖을 나선 적이 없었다. 눈 내리기 전에 주문 받아 놓았던 바느질감에 파묻혀 하루해를 꼬박 방 안에서만 넘기고 있었다.

내가 어머니를 발견했다고 말한 것은 어머니의 실체가 증발했었다는 것이 아니라, 방에 불을 밝히고 난 뒤에 바라보이던 어머니의 태도 때문이었다. 그때서야 나는 그 하루를 보내는 동안 어머니가 단 한 마디도 하지 않았다는 것을 깨달았다. 더욱이 그 여자가 돌아올까 해서 문을 열고 밖으로 나가 한길을 바라본 적도 없었다.

내가 집 안팎을 수없이 드나들며 초조한 기색을 보였는데도 어머니는 전혀 아는 척을 하지 않았다. 단 한 번 나를 불러 재봉틀의 바늘에 실을 꽂아 달라고 청했을 뿐이었다. 바느질감을 뒤로 제쳐 놓고 잠을 설치면서까지 도란도란 주고받았던 대화 상대자가 잠깐 다녀오겠다던 읍내 나들이에서 연기처럼 사라지고 말았는데도, 어머니는 한마디 험담도 없이 하루를 보낸 것이었다.

그동안 아이는 몇 번인가 잠에서 깨어났다. 그러나 그때마다, 어머니는 아이의 목에 달려 있는 북어포를 입에 물려 삐죽삐죽 터져 나오려는 울음을 잠재우곤 하였다. 그리고 해 질 무렵에는 미음까지 끓여 먹였고, 아이는 아무런 앙탈도 보이지 않고 꼬박꼬박 받아 먹었다.

등잔을 켠 뒤 나는, 재봉틀을 향해 돌아앉은 채로 꼬부라진 어머니의 등을 바라보며 앉아 있었다. 고즈넉하게 돌아가는 재봉틀 소리가 멈추는 사이사이로, 삭풍에 찢기는 눈보라가 방문 사래* 를 할퀴고 지나갔다. 산자락 아래로 내려앉아 응고되어 있는 어둠 속으로 길고 긴 침묵이 흘러갔다. 삼례가 보고 싶었다. 눈앞이 흐릿해졌다. 하루 종일 가슴을 죄어 왔던 피곤의 무게가 어깨를 짓눌러 오기 시작했다. 옷깃이 스치는 소리가 들려왔다.

"곤한 모양이제. 고만 자그라."

스스로의 심란함을 달래 주려는 나지막한 어머니의 목소리였다. 나는 아랫목에 잠들어 있는 아이를 턱으로 가리키며 물었다.

"야 어무이는 안 오는 겁니껴?"

"갸 어무이는 안 올 기다."

딱 잘라 말하는 어머니가 엉뚱하다 생각했지만, 다시 물었다.

"그럼, 언제 온다 카고 갔습니껴?"

"글쎄, 5년 후에 올지 10년 후에나 올지, 내가 보기에는 영영 안 돌아온다는 기 맞을 기다."

"그기 말이나 됩니껴. 그 여자가 야 어무이 아입니껴? 안 온다 카는 기 말이 됩니껴? 길이 막혀 읍내에서 자고, 내일 온다 카면 몰라도."

"가는 길이 멀쩡했으면 오는 길이 막혔을 리가 있겠나. 두고 보

* 사래 : 겹처마의 귀에서 추녀 끝에 잇대어 단 네모지고 짧은 서까래.

그라마는 그 여편네 다시는 안 올 기다. 처음부터 알라를 우리 집에 떨어뜨리고 떠날 작심으로 찾아왔던 사람인데, 만에 하나 돌아올 리가 있겠나."

나는 파랗게 질려서 볼멘소리를 하였다.

"하필이면, 왜 우리 집이란 말입니꺼?"

"까닭 없이 아이를 떨어뜨리고 도망갈 여편네가 어디 있겠노? 내막을 알고 보면 다 사연이 있는 일인 기라."

그리고 천장을 쳐다보며 혼잣소리로 중얼거렸다.

"참 의미심장한 일이지…… 겨울 눈 속이란 게 감당키 어려운 일들이 자주 일어나고, 그것이 해결되는 것도 겨울이 많았대이. 너그 아부지 만나서 혼인식을 한 것도 오늘처럼 눈이 내린 겨울이었대이."

그러나 아버지가 떠나간 것도 겨울이었다는 말은 덧붙이지 않았다. 아버지가 떠났다는 말은 죽어도 하기 싫었는지 몰랐다. 어머니의 파리한 입술이 떨렸다. 천장으로 돌린 처연한 눈에 끝내 눈물이 괴었다.

"길안에 살고 있는 너그 외삼촌은 원래 너그 아부지가 썩 탐탁지 않았던 기라. 남정네가 남정네를 보는 눈은 따로 있는지도 모르제. 너그 외삼촌이 나서서 이듬해 봄으로 미뤄 두자고 고집을 부린 혼례식을 추운 겨울에 부랴부랴 마당의 눈까지 치우고 치렀대이. 정혼은 되었지만, 혼례 전에…… 세상 물정에 어둡고 고지

식했던 내가 너그 아부지 요청이 워낙 애끓고 간곡하기에 하자는 대로 했다가 실수를 저지르고 말았는 기라. 그 실수를 곧이곧대로 어른들께 일러바친 덕에 혼례는 치렀지만, 그 일로 너그 외삼촌하고 이때까지 거북하게 살게 될 줄은 몰랐대이."

"내일 날이 새면, 읍내로 가서 그 여자 찾아볼랍니더."

"아서라. 이 눈 속에서 그런 쓸데없는 일은 왜 할라 카노. 그 여편네가 길을 몰라서 안 돌아오겠나…… 어떤 남자라도 아부지가 될 수는 있지만, 아부지답기란 쉽지 않은 법이대이. 너그 아부지는 그걸 잘 모르는 것 같아서 낭패다."

그 여자가 도망한 길을 뒤쫓아 보겠다는 결심까지도 가로막고 나서는 어머니의 태도에 불쾌했던 나는, 자고 있는 아이의 포대기를 걷어차 버릴 자세로 벌떡 일어났다. 그 순간, 단호한 한마디가 어머니의 입에서 흘러나왔다.

"이 알라는 바로 니 동생이다."

내가 줄곧 의구심으로 가득 찬 시선과 귀를 곤두세워 왔던 한마디였다. 까닭 없이 아이를 팽개치고 도망갈 여자가 있을 수 없다는 어머니의 말이 있기 전부터, 나를 옥죄고 들던 의구심이 바로 그것이었다. 그래서 어머니로부터, 혹은 그 여자의 입으로부터 아이의 정체가 명징하게 드러나는 한마디를 은근히 기대해 왔었다.

아이에 대한 적개심이나 호기심 때문이 아니었다. 그것은, 지난 여름부터 겪어 와서 알게 된, 미로와 같은 어른들의 세계에 대한 구차스러운 변명 같은 것을 기대했기 때문이었다. 그 한마디를 내뱉는 어머니의 얼굴에 불쾌한 기색은 보이지 않았다. 그러나 나는 어머니의 심장 벽에 자욱하게 끼여 있는 어둠을 읽었다.

어머니는 나를 외면한 채 아랫목으로 내려가서 잠들어 있는 아이를 포대기째 보듬어 안아 올렸다. 아이는 어렴풋이 눈을 떴고, 어머니는 아이의 목에 걸려 있는 북어포를 입에 물려 주었다. 그리고 혼자 중얼거렸다.

"핥지만 말고 삼켜 먹그라."

잠에서 깨어난 뒤의 낯선 목소리가 귀에 거슬렸던지 아이는 입귀*를 비쭉거리며 울 듯 말 듯하다가 북어포를 핥기 시작했다. 아이를 추슬러 안으며 어머니는 또 혼잣소리를 하였다.

"너그 아부지가 벌인 짓이란 것을 나는 진작 알고 있었대이."

그것은 아이의 목에 실로 꿰매단 북어포를 두고 하는 말이었다. 북어포를, 아버지가 아이의 좋지 않은 건강을 염려한 나머지 액막이로 목에 걸어 준 것으로 믿고 있는 듯했다. 북어는 사람에게 닥쳐올지도 모를 병고나 재앙을 대신 막아 주는 부적 같은 건어물이었다.

그 여자가 아이의 허리에 매달아 두고 떠난 염낭에는, 나하고는 열두 살 차이인 아이가 태어난 날짜와 '호영'이란 이름, 그리고 약간의 돈이 들어 있었다. 그것이 그 여자가 아이에게 남긴 유일한

* 입귀 : '입아귀'의 방언. 입의 양쪽 구석.

증표였다.

그러나 어머니는 그 북어포에서 아버지가 아이에게 남긴 배려의 흔적을 읽은 것이었다. 도회지의 이곳저곳을 떠돌며 황폐하고 방자한 생활에 젖어 있었을 그 여자가 북어포에 담긴 주술적 의미를 터득하고 있으리라곤 믿지 않았기 때문이었다.

"옛날에 이 집터가 너무 드세어서 너그 아부지가 북어 두 마리를 사다가 집터 귀퉁이에 묻었대이. 북어는 눈이 커서 천 리를 내다보고, 입이 커서 재복을 불러들인다 카드라. 집에 들어오는 나쁜 귀신을 사람 대신 막아 준대이."

어머니는 언젠가 그런 말을 한 적이 있었다. 그래서 어머니는, 아버지의 피붙이와 함께 따라온 희미한 아버지의 흔적을 그 북어포에서 지켜보고 있는 셈이었다. 보이지 않는 것은 마찬가지였지만, 집을 떠난 지 6년째 되는 아버지가 처음으로 우리 곁으로 훨씬 가까이 다가와 있는 느낌이었다.

어머니가 아이를 군소리 않고 받아들인 까닭이 거기에 있었는지도 몰랐다. 그러나 지금 당장 어머니에게 닥친 현실은 겸연쩍음이었고, 치욕일 수 있었다. 그러나 배신이나 치욕으로 받아들이지 않고, 오히려 아버지가 돌아올 수 있다는 우회적 가능성으로 받아들이고 있는지도 몰랐다. 어머니의 가슴속에 호젓이 자리 잡고 있는 그 매달림의 정체는, 정확히 헤아릴 수는 없을 것 같았다.

이제 어머니의 기다림은 아이의 출현과 함께 막이 내릴지도 몰랐다. 그러나 세상의 끝자락에 숨어서 풀 죽어 살고 있는 어머니와 나만의 힘으로는 지금 당장 이 사건을 감출 방도가 없었다. 이웃의 의미심장한 호기심과 입방아와 소문을 절묘하게 따돌리고, 그 아이를 내 아우 자리에 앉혀 놓을 수 있는 현명한 대안이 지금 당장은 있을 수 없었다. 삼례처럼 어느 날 예고 없이 찾아온 친척이라고 둘러댈 수 없는, 부정적이고 야만적인 징후들을 그 아이는 두루 갖추고 있었다. 아버지가 집을 떠났다는 사실 이외의 어떤 불길한 소문도 용납하지 않으려 했던 어머니가 만난 이 장벽은 엄청난 것이었다.

그날 밤을 아이와 같이 지새운 후부터 어머니는 앞에 닥친 현실을 구체적으로 인식한 듯했다. 어머니를 두려움에 떨게 만든 것은 무엇보다 아이의 울음소리였다. 길들여진 품에서 갑자기 떨어져 버렸다는 것을 눈치 챈 아이의 대담하면서도 발악적인 울음소리를 어머니는 예측하지 못했다. 울음소리와 때를 같이하는 질펀한 배설은, 항상 스산하기만 하였던 우리 집의 밤 풍경을 삽시간에 쑥밭으로 만들어 버렸다. 안아 주어도 울었고, 눕혀 놓아도 울었고, 간지럽혀도 울었다.

하루살이 떼처럼 무수했던 발자국 소리와 그림자의 정체까지도 모조리 증발해 버려서, 기억 밖으로 물러선 아련한 상념까지도 기억해 낼 수 있을 만큼의 고요가 깃들어 있는 산골의 깊디깊은 밤에 들려오는 아이의 울음소리는 마치 유령의 소리와 같았다. 그 울음소리는 어머니의 의지적인 모든 것을 하룻밤 사이에 깡그리 소멸시켜 버렸다. 그러다가 새벽녘에는 제풀에 지쳐 곤하게 잠이 들었다. 그것은 또 다음 날 밤의 발악과 배설을 위한 힘의 축적처럼 보여서 우리를 더욱 침울하게 만들었다.

그 하룻밤의 난장판으로, 어머니는 이제 우리 집에서 일어나고 있는 아주 작고 사소한 것까지도 얼버무릴 수 없게 되었다는 것을 깨달았다. 그러나 아무런 대책도 없다는 것을, 어머니의 얼굴에 깔린 그늘에서도 직감적으로 읽을 수 있었다. 어머니가 할 수 있는 일은 다만 아이의 볼기짝을 만지작거리는 것뿐이었다.

"세영아, 밤마다 알라 입을 틀어막을 수도 없고, 우짜면 좋노?"

아이와 셋이서 첫날 밤을 새우고 난 뒤, 어머니가 내게 하소연했던 말이었다.

아이의 거침없는 울음소리를 막을 수 있는 묘책이 없기는 나도 마찬가지였다. 극단적이긴 하지만, 가장 확실하다고 생각되는 것이 있긴 하였다. 그것은 아이를 눈밭 속 으슥한 곳에다 내다 버리는 것이었다. 그러나 어머니가 동의하지 않을 것이었다. 그렇다면, 어머니의 질문도 의미 없기는 마찬가지였다.

나는 모든 가능성을 이제 막 포기한 사람만이 할 수 있는 한마디를 내뱉어 버렸다.

"입을 틀어막으면, 야가 숨 막혀서 죽어 뿔 기라요."

"그런 날벼락 맞을 소리는 꿈에도 할 기 아이다. 문밖에서 누가 듣기라도 했을까 봐 겁난대이. 니 입에서 그런 말이 튀어나오다이, 니도 사람이가?"

"그라머 무슨 수로 밤마다 빽빽거리는 소리를 틀어막을라 캅니꺼?"

"빽빽거리는 기 아이라, 황소 우는 소리를 질러 댄다 카드라도, 젖 뗀 지 얼마 안 되는 알라 입을 틀어막으라는 말이 어째 니 입에서 튀어나오노?"

"그 말은 처음에 어무이가 한 말이 아입니꺼?"

"내가 그런 말을 했다꼬?"

"어무이는 조금 전에 한 말도 잊어뿌렀습니꺼?"

파리해진 어머니의 입술이 떨리고 있었다. 그 순간, 어머니는 밭은기침을 토해 내기 시작했다. 문지방을 잡고 흐느끼듯 기침을 안정시키려는 어머니의 좁은 어깨를 바라보는 순간, 나는 얼른 시선을 돌려 버렸다.

간신히 기침을 멈춘 어머니는 방문을 열었다. 해 뜰 무렵부터 맑은 날씨였지만, 시야에 들어오는 것은 지난번에 내린 눈뿐이었다. 북쪽으로 기운 지붕마다, 쌓인 눈 위에 엷은 오렌지색 햇살이 짜릿하게 내리쬐고 있었다. 촘촘한 빛살에 눈이 부시었던 어머니는 이마에 손을 얹었다. 방으로 스며든 신선한 겨울바람이 고무풍선처럼 몸 전체로 확산되면서 쾌감을 안겨 주었다. 그런 쾌감이 그때는 따뜻한 아랫목보다 반가웠다. 어머니의 시선은 눈보다 높은 하늘, 하늘과 하늘이 서로 마주 닿는 곳에 머물러 있었다.

"알라를 우짜면 좋겠노?"

목멘 하소연이 다시 흘러나왔다.

"옆집 어른을 찾아가 볼랍니더."

물론 화들짝 놀랄 어머니를 예상했었다. 아이의 울음소리가 있기 전까지 어머니가 가장 두려워했던 것은 옆집 남자였다. 그런데 어머니는 별다른 반응 없이 그린 듯이 앉아 있었다. 내가 툇마루로 나서는데도 말리지 않았다. 절망적인 시선으로 내 등을 뚫어져라 바라보고 있으리란 느낌이 드는 순간부터 나는 뛰었다. 그리고 어머니의 마음이 변한다 할지라도 돌이킬 수 없을 만치의 거리에 이르러서야 숨을 돌렸다.

옆집 남자는 정미소에 있었다. 누룽지가 먼저 가서 내가 왔다는 것을 알려 주었으므로, 그는 어느새 정미소 문밖 양지바른 곳에 나와 있었다. 팔짱을 끼고 서 있던 그 남자는 벌써 나를 읽고 있었다.

"너그 집에 왔던 그 젊은 여자 문제로 왔나?"

"예."

"그 여자, 알라 떼어 놓고 도망가 뿌렀제?"

"예."

"낭패 났구나."

낭패 났다는 한마디가 가슴을 송곳으로 찌르는 것처럼 아팠다. 그리고 참으로 이상한 것은, 어머니가 그토록 철저하게 이웃과 동

떨어져 있는데도, 이 남자는 우리 집의 안방에 걸려 있는 거울 속을 들여다보듯 모든 일들을 정확하게 눈치 채고 있다는 사실이었다. 그는 마치 우리 안방 구들장 밑에 살고 있는 사람 같았다. 그래서 우리 집에서 일어난 일이라면, 부엌 아궁이를 스쳐 가는 바람의 가녀린 울림까지도 죄다 알고 있는 사람 같았다.

그는 담배를 피워 물었다. 연기를 내뿜고 있는 그의 표정은 모처럼 밝아 보였다.

"물론 그 여자가 살고 있는 곳도 알 도리가 없을 기고…… 사람을 찾아내자면, 육하원칙에 의거해서 찾아야 하는 기라. 언제, 어디서, 누가, 무엇을, 어떻게, 왜, 하는 기 육하원칙이라 카는 긴데, 너그 어무이가 사리 분별이 분명한 분이지만 그거는 알 도리가 없으이, 그 여자의 행방을 찾아내기는 부지깽이로 하늘의 별 찌르기제. 물론 나도 그 여자와는 한 번도 만난 적이 없었으이, 육하원칙을 안다 캐도 찾아낼 도리가 없는 기고."

"알라 어무이를 못 찾아내겠습니꺼?"

"하늘의 별 따기란 내 말귀를 못 알아묵었나? 가도록 내버려 둔 여자를 무슨 변덕으로 다시 찾아낼라 카겠노."

담배를 문기둥에다 비벼 끈 옆집 남자는 흙벽 아래에 쭈그리고 앉았다. 햇살이, 먼지를 뽀얗게 뒤집어쓴 그의 윗도리 한쪽을 대각선으로 비추고 있었다.

"너그 어무이도 참 답답한 분이제. 왜 툭 털어놓고 속사정을 말 못하는지 참말로 모를 일이라 카이. 이웃사촌 좋다는 기 뭐로? 이런 어려운 일이 있을 때는 서로 툭 터놓고 이바구*해서 해결 방도를 같이 찾아보는 기 바로 이웃 간에 스스럼없이 주고받는 품앗이라 카는 기 아이겠나. 그런데 너그 어무이는 너무 고지식하고 도도하신 기 병인 기라. 하지만, 니를 나한테 보낸 사정을 인제사 대강은 알아묵었으이 걱정 말고 가 보그라. 수틀린다 캐서 이웃 간에 모른 척할 수야 없제."

옆집 남자는 비위가 잔뜩 상한 모양이었다. 방금 비벼 끈 담배를 다시 꺼내 피워 물었다. 어머니와 옆집 남자 사이에 어떤 이야기가 있었는지는 알 수 없었다. 그러나 걱정 말고 가라는 말속에는 반드시 해결 방도가 있다는 암시가 들어 있었다.

나는 바지 주머니에 손을 찔러 넣고 돌아섰다. 주머니 속 깊은 곳에서 먹다 남은 볶은 콩 하나가 만져졌다. 없다고 생각한 것이 문득 있을 때의 행운처럼, 삼례도 내 시선이 닿을 수 있는 어느 곳에 이렇게 존재하여 주기를 간절한 마음으로 빌었다.

집으로 돌아왔을 때, 아이는 잠들어 있었고 어머니는 재봉틀에 매달려 있었다. 어느 정도의 안정을 되찾은 모양이었다. 그러나 방문을 열고 들어섰는데도 어머니는 여전히 등을 보인 채 앉아 있었다. 초조한 기색을 내게 보이기 싫었던 것이었다.

나는 쏘아붙이듯 퉁명스럽게 말했다.

* 이바구 : '이야기'의 방언.

"걱정 말고 가 보라 캅디더."

그러나 어머니는 아무런 대꾸가 없었다. 여자의 체통과 고결함을 동시에 지탱해 나가려는 쓰라린 속내를 짐작 못하는 것은 아니었다. 그러나 그것은 어머니 스스로 만들어 온 굴레이기도 했다.

그러나 그것은 또 나 혼자만의 서툰 판단인지도 몰랐다. 어머니의 속내를 가닥가닥 짚어 나가는 옆집 남자의 명쾌한 언변 속에는, 어머니와 만나는 비밀의 문이 따로 있을지도 모른다는 의심을 가질 만한 증거들이 있었기 때문이었다. 그러나 그들만이 드나드는 비밀의 문이 있다 하더라도 이젠 내 호기심을 자극하지 못했다. 내 머릿속은 언제나 삼례로 가득 차 있었고, 아이로 인해 겪게 되는 곤란한 일들이 많았으므로, 지속적인 관심을 가지고 어머니를 지켜보고 있을 겨를도 없었다. 그러나 그 아이로 말미암아 어머니에게 커다란 변화가 일어난 것은 사실이었다.

아이를 돌보느라 일손이 모자라게 된 어머니는, 마을에 있는 낯익은 여자들 중에서 바느질을 거들어 줄 곁꾼 한 사람을 들이기로 결심하게 되었다. 그러나 결심 자체도 몹시 망설였으므로, 마땅한 일손을 찾아내기까지는 상당한 시일이 지나갔다.

"알라를 낳은 어무이는 세영이 모친 친정 마실에 있는 먼 촌 일가라 카데요. 어무이는 알라를 놓자마자, 산욕열*이 들어서 금방 이승을 버렸다 카데요. 친정 마실 일가붙이라 카지만, 일가 중에

* 산욕열 : 출산할 때, 생식기 속에 생긴 상처로 인해 고열을 동반하는 병.

세영이 모친같이 심성이 무던한 분이 없었더라면, 알라도 살아남지 못했겠제요. 인심이 이토록 야박한 세상에 심성이 착하기도 하시제."

결꾼으로 일하게 되기를 은근히 바라고 있던 여자가 우리 집에 처음 왔던 날, 입에 침이 마르도록 칭송했던 말이었다. 날카롭게 긴장되어 있던 어머니의 표정에 안도의 빛이 지나가고 있었다. 같이 일하자는 어머니의 허락은 그 뒤에 떨어졌다. 그때서야 나는, 걱정 말고 가거라 했던 옆집 남자의 말이 무엇이었는지 깨달았다.

'창범이네'라고 불리는 그 여자가 우리 집에 드나들게 되면서 어머니는 비로소 세상 속으로, 한 발 두 발 들여놓기 시작했다.

3

그 여자가 호영이를 우리 집에 덜컥 내려놓고 떠난 지 보름쯤 지난 어느 날, 어머니와 나는 장날에 맞춰 읍내로 갔다. 장터에 도착하고 나서야 닭을 사기 위한 외출이었다는 것을 알아차렸다.

꽤나 이른 시각에 읍내의 닭전에 당도한 우리는, 햇살이 잘 드는 담장 곁에 무료하게 서서 장꾼들이 모여들기를 기다렸다. 닭전에 장꾼들이 모여들자면, 한동안은 기다려야 할 것 같았다. 어머니가 너무 서두른 탓이었다. 내 기억으로 우리 집에서 닭을 기른 적은 없었다. 게다가 어머니에겐 닭장을 돌보고 모이를 주는 일에 소홀하지 않을 만큼의 한가한 시간이 있는 것도 아니었다.

그런 어머니가 닭전이 모양새를 대강 갖추기 바쁘게 깃털이 현란한 수탉 한 마리를 찾아내는 일에 골똘하기 시작했다. 장터의 후미진 곳까지도 혀로 핥듯 하며 어머니의 마음속에 그려진 대로 생긴 수탉을 찾아 헤매는 것이었다. 그러나 좀처럼 우리 맘에 드는 수탉은 나타나지 않았다. 대가리 위에 있는 검붉은 볏이 투실투실하고 진한 붉은색과 눈이 부실 정도로 윤기가 흐르는 검은색이 조화 있게 어우러진 깃털이 꼬리 부근에서 시원스러운 포물선을 그리며 치켜든 토종 수탉을 찾기가 쉽지 않다는 것이 분명해졌는데도, 어머니는 쉽사리 포기하지 않았다.

장텃가에 자리 잡은 호젓한 가게로 들어가 목이 턱턱 막히는 시루떡으로 허기진 배를 채우고 한숨을 돌렸을 때는, 벌써 한낮이 가까워질 무렵이었다. 우리는 추위에 지쳐 있었다. 그러나 나도 어머니처럼 수탉을 찾아내는 일만큼은 쉽게 단념하고 싶지 않았다. 어머니의 마음을 거울같이 꿰뚫어 볼 수는 없었지만, 바느질 이외의 일에 그처럼 집착하는 모습을 처음 발견한 것이 왠지 즐거웠고, 나 자신도 토종 수탉을 찾아내는 일이 싫지는 않았기 때문이었다.

우리는 짧은 겨울 해를 아랑곳하지 않고 선택받을 수탉이 나타나기를 기다렸다. 우리의 기다림과 탐색은 헛되지 않아서, 장터 모퉁이에서 한 노파가 안고 있던 수탉을 발견할 수 있었다. 추위와 실망으로 사뭇 시무룩해 있던 어머니의 얼굴은 그제야 생기가 돌았다. 곧장 흥정이 시작되었지만, 어머니는 에누리를 하지 않았다. 노파가 요구하는 값을 그대로 치르고, 따끈따끈한 체온이 배어 있는 수탉을 게걸스럽게 건네받았다. 암탉을 사는 일은 그다음의 일이었다. 집에 갖다 놓으면 금방 알을 빼어 내놓을 것같이 옹

알이를 하고 있는 암탉 두 마리를 어머니는 별 까탈을 부리지 않고 선뜻 사 들었다.

툇마루 기둥에 매어 놓고 길들이기를 사흘, 닭들이 우리 집에 익숙해질 때쯤, 나는 비로소 어머니의 속셈을 읽었다. 매어 있던 암탉 중에 한 마리가 알을 낳았고, 마당 한가운데로 굴러가던 그 계란을 주워 든 어머니의 얼굴은 기쁨으로 가득했다. 두 암탉은 그 주위를 돌아다니는 수탉과 하루 종일 어울렸다.

"내가 닭은 금어치를 제대로 알고 샀는가 보네."

암탉이 옹알이를 해 왔던 것처럼, 어머니는 혼잣소리를 하며 손으로 계란을 소담스럽게 쓰다듬곤 하였다. 그리고 방으로 가지고 들어가 벽장 속에 감추었다. 그때까지도 나는, 어머니가 이렇다 할 이유도 없이 세 마리의 닭을 사들인 것이, 계란을 얻기 위한 것인지 아니면 병아리나 그 고기를 얻기 위한 것인지 알아채지 못했다.

그날의 읍내 나들이는 공교롭게도 내게 특별한 경험을 제공했기 때문에, 닭과 계란에 대한 의혹쯤은 없어져 버렸다. 떠나가 버린 삼례가 잠시 살았던 그 선술집 앞을 지나친 날이 그날이었다. 호영이가 나타난 이후, 나름대로는 북새통을 겪느라고 한동안 삼례를 깜박 잊고 있었다. 그런데 갑자기 그녀가 보고 싶었다. 바람을 따라 부엌 아궁이 속으로 기어드는 우연한 가랑잎에도 삼례의 얼굴이 그려져 있는 것처럼 보였다.

장터를 다녀온 지 며칠 되지 않은 어느 날 해 질 무렵, 나는 읍내의 그 선술집을 찾아갔다. '배짱을 두둑하게 가져라.' 스스로 그렇게 다짐을 하면서, 그 집 마당 한가운데 우뚝 버티고 서서 주인을 찾았다. 처음 보는 안주인이 문을 열었을 때, 나는 나의 작은 키를 의식하고 발뒤축을 한껏 쳐들어서 호락호락하게 보아서는 안 될 숙성한 아이처럼 보이려 애썼다. 방 안에서 터져 나온 남포등의 빛살이 마당 한복판으로 화사하게 펼쳐지고 있었다. 고개를 갸우뚱거리며 나를 똑바로 보려고 애쓰던 그 여자가 말했다.

"어디서 온 총각인지 알아야제. 이리 좀 가까이 와 보소."

도대체 지금 내가 뭘 하고 있지. 겸연쩍고 민망스러웠다. 그러나 어차피 내친김이었다. 허세일지라도 듬직하거나 위압적으로 보여야 한다고 생각한 나는 하얀 사기 요강이 앙증스럽게 놓여 있는 툇마루 앞까지 걸어갔다. 그러나 주인 여자가 생소한 나를 알아볼 리 없었다. 맵시 있고 예절 바르게 보이는 주인 여자는 그때서야 마뜩잖은 눈길을 보내며 말했다.

"낯모르는 총각인데, 무슨 일로 왔노?"

이 난처한 상황을 민첩하게 장악해야 한다고 생각한 내 말은 거침이 없었다.

"지난번에 여기 있던 삼례 누나 주소를 물어보려고요."

머뭇거리던 주인 여자는 잠시 뜸을 들이다가 안쪽에 있는 누군가를 겨냥하고 소리 질렀다.

"미스 민아, 니 삼례가 누군지 알겠나?"

내겐 반가운 대답이 금방 들려왔다.

"삼례요? 미숙이가 삼례 아닙니까?"

"그래? 미숙이 지금 어디 있노?"

"대구에 있겠죠."

"대구 어디?"

"그걸 내가 어떻게 알아요."

나는 어느새 그 집을 나서고 있었다. 내 마음속의 풍경처럼, 싸늘한 하늬바람이 골목의 담벼락을 스치고 지나갔다.

허둥지둥 골목을 벗어나려다 말고 담벼락에 기대섰다. 현기증이 가시기를 기다려 바지 주머니에서 성냥갑을 꺼내 들었다. 대여섯 개비에 연거푸 불을 댕겨 보았지만, 고결했던 노란 두메양귀비꽃이 눈앞에 떠오르지는 않았다. 나에게 대구라는 곳은, 지구의 가장 끝에 있는 낭떠러지와 같이 먼 곳이었다. 오히려 히말라야가 내겐 더 가까운 곳이었다. 얼굴은 볼 수 없었던 여자의 입에서 대구라는 지명이 들려왔을 때, 나는 그녀의 소식을 듣게 되었다는 다행스러움을 느낄 수 없었다. 오직 눈앞이 캄캄했을 뿐이었다. 그러나 집으로 돌아오는 동안, 나는 대구라는 모호하고 알 수 없는 지명을 수없이 되뇌었다.

어머니가 닭을 산 까닭을 눈으로 확인한 것은 그날 밤이었다. 늦은 밤의 외출에 대한 추궁을 당하기 싫었던 나는 발소리를 죽여 가며 뜰을 건넜다. 방에 불은 켜져 있었지만 조용했다. 어머니와 호영이는 잠이 들었는지 몰랐다. 어두운 것을 싫어했던 어머니는 곧잘 불을 켜둔 채 잠이 들곤 하였다. 나는 살며시 문을 열었다. 그것과 함께 나는 방 한가운데 국화꽃 화분같이 웅크리고 앉아 있는 어머니를 발견했다. 그러나 어머니는 어딘가에 몰두해 있었으므로, 평소에는 지나치게 예민했던 촉각이 순간적으로 없어진 듯했다.

내가 방 안으로 들어서고 나서야 호영이를 안고 있던 어머니가 흠칫 놀라 뒤돌아보았다. 어머니의 풍만한 젖가슴이 저고리섶 밖으로 나와 있었다. 이 우연한 장면을 앞에 둔 나는 나도 모르게 비명을 내지르고 말았다. 거칠게 문을 열고 썰렁한 툇마루로 비켜나 버렸다. 안에선 옷매무새를 수습하고, 부엌문을 여닫는 소리가 들려왔다. 거칠게 문을 열고 나가 버린 나의 행동에 어머니는 적지 않은 부담을 느낀 듯했다.

내가 외출에서 돌아올 무렵 호영이가 잠투정을 부리며 칭얼대기 시작하자, 어머니는 계란을 깨어 노른자위를 골라 떠먹여 준 것이었다. 그런데도 어쩐 셈인지 울음을 그치지 않았다. 초조했던 어머니는 본능적으로 가슴을 열어 빈 젖을 물려 주었다. 그런데 때늦은 빈 젖을 빨기 시작하면서 호영이는 울음을 그친 것이었다. 어머니는 그 빈 젖이 갖는 신기한 효과에 몰두해 있었다. 내가 당혹스러워했던 것은, 내가 호영이처럼 어렸을 때 어머니는 그처럼 진한 애정으로 나를 길러 오지 않았다는 것을 보여 준 것 때문이었다.

그날 밤 어머니의 모습을 사려 깊게 이해하기란 쉽지 않았다. 어머니와 나 사이에서가 아니라, 어머니와 호영이 사이에서 깊은 사랑을 발견하게 되었다는 것은 내게 좌절과 절망을 안겨 주었다. 나에게서가 아니라 호영이에게서 발견된 어머니의 사랑이란 내겐 아무런 가치가 없는 것이었다. 어머니는 그럼으로써 회초리 한 번 들지 않고 내게 절망감을 안기는 데 성공한 셈이었다. 나의 가슴은 쓰리고 아팠다. 그래서 어머니가 가진 사랑이란 것은, 잔인하거나 야비하게 휘두르는 폭력이나 처절한 증오보다도 내겐 위협적인 것이 되어 버리고 말았다. 심지어 삼례를 떠나보낸 장본인이 어머니였다는 깊은 배신감은 내 가슴에 더욱더 큰 상처로 자리 잡고 말았다.

격정적이었으면서도 어느 한 모퉁이에는 편안함이 있었고, 긴장되었으면서도 침착했고, 슬프면서도 흥분되었던 삼례와의 모든 일들이 절벽 위에서 떨어지는 폭포처럼 겁 없이 그리웠다. 밖으로 나간 김에 닭장을 살펴보고 들어오라는 가라앉은 어머니의 목소리가 들려왔다.

다시 방으로 들어갔으나 외면한 채, 곧장 도장방으로 향하려는 내게 어머니는 말했다.

"거기 좀 앉그라."

그러나 14년 동안이나 붙박여 살아온 그 방을 아무리 둘러봐도 웬일인지 내가 앉을 자리가 마땅치 않았다. 남의 집에 온 것처럼 거북하고 쑥스러웠다. 좁은 방이었지만, 어머니와의 간격을 어떻게 둬야 적당할지 갑자기 혼란스러웠다. 어머니의 면박이 떨어졌다.

"대들보 무너질 집이 아이니까 걱정 말고 앉그라. 어디 갔다가 인제사 들어오노?"

"놀러 갔다 왔심더."

"하라는 공부는 안 하고 놀러 갔다 왔다꼬?"

"예."

"뻔뻔스럽기도 하제. 대답은 척척 잘도 하네."

"예."

"니 지금 내보고 예라고 대답했나?"

"예."

"니가 내 간장 뒤집을라꼬 일부러 대꾸를 삐딱하게 하고 있제, 맞제?"

"그기 아입니더."

"아이기는 뭐가 아니로. 나는 다 알고 있다 카이."

이런 경우, 어설픈 변명은 오히려 의혹만 낳을 뿐이란 것을 어머니는 이미 알고 있었던 것일까.

그날 밤 어머니와 나는 서로의 수치심을 감춘 채, 가시 돋친 말로 겉돌고 있었다. 서로의 속내를 거울처럼 명료하게 헤아려, 가려운 데를 정감 있게 긁어 주던 그런 어머니와 아들 사이는 이미 아니었다. 초겨울부터 꽁꽁 얼어붙은 봇도랑과 소택지의 단호한 침묵도 어머니와 나 사이의 적대감을 표현하고 있는 듯했다.

메마른 풀뿌리들만 뒹구는 방천둑을 혼자서 쏘다니며 외로움의 고통을 겪기 시작한 것은, 가슴속으로 켜켜이 내려앉는 공허감과 어머니에 대한 배신감이 쌓여 가기 시작할 그 무렵부터였다. 아버지처럼 나도 어딘가로 떠나지 않으면 안 된다고 생각하기 시작한 것이었다. 아침에 일어나서 천연스럽게 마당을 쓸고 난 뒤 닭 모이를 주고 아침을 먹고 나면, 나는 다급한 일이라도 있는 것처럼 곧장 집을 나섰다. 들판을 길게 가로질러 방천둑에 올랐다. 그리고 얼어붙은 봇도랑과 소택지 주변을 차근차근 둘러보았다.

지난여름, 마을의 청년들이 여뀌의 잎과 줄기를 짓이겨 풀어서 살찐 붕어와 피라미들을 한 바가지씩 퍼 올리던 봇도랑 바닥은, 삭풍에 부대껴 칼날처럼 예리해진 얼음 조각들이 앙상하게 돋아 있었다. 잘 익은 고추같이 온몸이 새빨간 고추잠자리 떼가 지천으로 날던 방천둑에는 스산한 바람 소리만 갈개치고* 있을 뿐, 어디를 둘러봐도 아버지의 모습은 찾아볼 수 없었다. 둑길 가에 뒹구는 나무껍질 속에는 겨울잠을 자는 무당벌레들만 다닥다닥 붙어 있었다.

나는 때때로 발걸음을 멈추고 거만한 눈길로 우리 집을 뚫어져라 바라보았다. 그러나 흥건히 괴어 있던 눈물만 저절로 흘러내려 앞을 가릴 뿐, 보이는 것은 아무것도 없었다. 내겐 뿌옇게 흐려 보

* 갈개치고 : 이리저리 구르고 몹시 왔다 갔다 하고.

였던 삶을 언제나 투명한 거울처럼 비춰 주었던 어머니는 이제 보이지 않았다.

어머니가 호영이에게 쏟고 있는 정성스러움은 창범이네가 의아해할 정도였다. 맹렬하게 도를 닦아 깨달음의 경지에 이르려는 수도자같이, 어머니는 자신이 가진 모든 능력과 에너지를 호영이에게 바치고자 일찌감치 결심한 것 같았다.

닭 모이는 내가 줬지만, 계란은 언제나 어머니가 손수 거두었다. 노른자위를 접시에 풀어 먹여도 호영이가 별다른 반응을 보이지 않으면, 꿀을 타서 떠먹여 주었다.

재봉틀은 창범이네에게 맡기고, 어머니는 산후 조리를 하고 있는 산모처럼 아랫목에서 호영이만 부둥켜안고 있었다. 젖 뗄 시기가 지난 호영이를 젖 먹어야 할 나이로 거꾸로 가게 하고 있는 것은 아닐까 의아스러울 정도였다.

모든 것 다 주어도 모자란 듯 그저 애틋함에 간장을 태우는 딱한 모습에 창범이네도 어느덧 울화가 치민 모양이었다. 응석으로만 키우면 버르장머리 없는 아이가 된다고 은근히 면박까지 하였지만, 어머니는 들은 척도 안 했다. 내가 겪고 있는 혼란이나 소외감 따위도 안중에 없었다.

내가 정미소를 엿보기 시작한 것은 그즈음부터였다. 누구나 갈 수 있도록 공개된 장소이기도 했지만, 그곳이 어머니에 대한 증오심을 키우기엔 더없이 적당한 장소라는 것을 우연히 발견했기 때문이었다.

무엇보다 나는 그 정미소 벽에 등을 바짝 기대고 서 있는 것을 즐기기 시작했다. 그 흙벽들은 기둥이나 가로목에 연결되어 있으면서도 원동기에 시동이 걸리고 컨베이어 벨트들이 돌아가는 기계음이 들리기 시작하면, 벽 전체가 금방 아래로 쏟아질 듯 몸서리를 치면서 와들와들 떨렸다. 평소에도 기둥과 가로목 사이로는 주먹 하나가 들락날락할 수 있게 틈이 벌어져 가까스로 버티고 있었지만, 기계가 돌아갈 때면 정말 금방 무너지는 소동이 벌어질 것 같았다. 그러나 흙벽은 오랫동안 수리하지 않았는데도 벽으로서의 역할을 수상하게 버티고 있었다.

그 흙벽에 등을 밀착시키고 서 있노라면, 벽의 격렬한 흔들림을 따라 내 몸뚱이 전체, 그리고 창자 속까지도 뒤집히는 듯한 전율을 함께 맛볼 수 있었다. 관절들이 서로 딱딱 맞추는 듯한 그 전율은 내 살갗과 뼛속까지 파고들어서 그 속에 조각으로 흩어져 숨어 있던 에너지를 뽑아내어 나에게도 누굴 미워하거나 그 미워하는 대상을 향해 총알처럼 돌진할 수 있는 사악한 힘도 있다는 것을 확인시켜 주었다.

나는 그 역동적인 떨림과 흔들림에 어머니에 대한 배신감과 슬픔을 함께 실었다. 그러면 내 가슴속에 응어리지기 시작하는 어머니에 대한 증오심이 심장의 박동을 따라 공격적으로 바뀌어 눈앞에 그려지는 것이었다. 내가 왜 지금 외진 정미소 앞에서 떨고 있어야 하며, 어머니를 왜 미워해야 하는 것인지가 머릿속에 더욱 선명하게 떠올라서 좋았다. 그것은 어머니에 대한 증오심을 키우는 것이기도 하면서 어머니에게서 유쾌한 해방을 맛보는 방법이기도 했다.

때로는 정미소 안을 훔쳐보기도 했다. 낡은 기계와 벨트가 돌아가는 소음 사이를 분주하게 오가는 옆집 남자와 허우대가 큰 일꾼들은, 한결같이 쌀이나 보리 겨를 하얗게 뒤집어쓴 채 정미소 안을 어슬렁거리며 걸어다녔다.

귓불이 덮이도록 깊숙이 눌러쓴 방한모, 콧등을 덮은 두툼한 마스크, 구레나룻과 눈썹 위로 하얗게 내려앉은 겨 먼지, 그리고 시종일관 굼뜨고 어눌한 동작들이 툰드라 지방에 살고 있다는 회색곰을 떠올리게 했다. 그들은 자신들의 몸뚱이보다 더 큰 곡식 가마를, 방귀를 북북 뀌어 가며 일갈잖게 들어올려 여기저기로 옮겨놓곤 하였다. 그런 단순한 작업들이 또한 미련해 보이는 곰의 움직임을 연상시켰다. 나는 정미소 안으로 들어와 사람의 흉내를 내며 어슬렁거리고 있는 회색 곰들을 하염없이 바라보며 해가 지기를 기다렸다.

전에는 볼 수 없었던 내 행동을 발견한 옆집 남자도 이상한 눈길을 보내진 않았다. 웬일이냐고 물은 적이 없기 때문이었다. 그로 말미암아 나는 평소에는 관심을 가지고 눈여겨보지 않았던 그의 일과를 자세히 보게 되었다. 그의 일과 역시 매우 단순하고 재미없기는 마찬가지였다.

해 질 무렵이 되어, 정미소의 원동기를 비롯한 모든 기계들이 일제히 작동을 뚝 멈추게 되면, 주변은 미세한 소리도 눈으로 볼 수 있을 만큼 삽시간에 고요해졌다. 맨 먼저 정미소를 나서는 회색 곰을 뒤따라 나설 땐, 짧은 겨울 해는 벌써 지고 저녁 이내가 들녘 위로 스멀스멀 깔리고 있을 무렵이 되었다. 때로는 마주친 마을 사람들이 회색 곰에게 목례를 건네거나 눈인사를 나누기도 했지만, 그는 대체로 고개만 끄덕였다. 한길을 버리고 논둑길로 들어서는 것은 지름길로 가려는 것이었다.

겉모양부터 썰렁해 보이는 자신의 집 앞에 이른 회색 곰은, 대문으로 들어서기 전에 우리 집 쪽을 흘끗 한 번 보았다. 그러나 그는 곧장 방으로 들어가는 것이 아니었다. 부엌으로 들어가 빗장을 걸어 잠근 다음, 두툼하게 껴입은 회색 작업복을 알몸이 드러날 때까지 거침없이 벗었다. 온몸이 완벽하게 드러날 만큼 옷을 벗은 순간은, 가마솥에 데운 물을 물통에다 가득 채우고 난 다음의 일이었다. 그쯤이면, 부엌 안은 물통에서 솟아오른 김으로 시야가 부옇게 흐려졌다.

그가 물통으로 다가가 홀딱 벗은 몸을 하반신부터 목덜미까지 천천히 물속으로 담그기 시작하면, 그만큼 통 속의 물이 넘쳐흘러 부엌 바닥을 적셨다. 그의 몸뚱이가 물통 속으로 완전히 가라앉고 나면, 그는 물통 밖으로 얼굴만 빠끔하니 내밀고 부엌 천장을 올려다보았다. 그리고 정미소를 출발한 이후 집에 도착할 때까지 굳게 다물었던 입을 열고 최초의 한마디를 입 밖으로 내쏟았다. "어, 시원하다." 그와 함께 그의 두 팔은 물통 속을 종횡무진으로 허우적거리기 시작했다.

문밖에서 훔쳐보는 나를 가장 긴장시키는 순간이 바로 그때였다. 살찐 배를 희번덕거리며 맹렬하게 몸부림치는 연어가 언제 그의 두 손에 들려 나올지 모르기 때문이었다. 산란기가 되면 계곡의 거센 물살을 거슬러 오른다는 연어가 그 물통 속에 없다면, 그의 두 팔이 그토록 격렬하게 무엇을 찾고 있지는 않을 것이란 생각 때문이었다. 아니면 사타구니나 겨드랑이에 묻은 먼지나 땟국을 벗기고 있을 수도 있었다. 그것도 아니라면, 네 개가 있으면서도 두 개밖에 사용하지 않고 있는 앞의 두 발이 영영 퇴화되어 버릴까 의심하여 시험하고 있는 것일까. 그러나 그것은 아닐 것이었다. 뿌연 안개 자락 속을 헤매는 듯한 그의 유연한 허우적거림이 내 눈에는 거센 물살 속에서 연어를 찾고 있는 곰의 굼뜬 춤처럼 보였다. 그러나 그는 내 바람대로 연어를 잡아 올리진 않았지만, 물통 속에서 연거푸 방귀를 뀌었기 때문에 꽈리 같은 공기 방울이 수면 위로 튀어 올라 포자처럼 터지곤 하였다. 그러다가 감춰 두었던 알몸뚱이를 갑자기 물통 밖으로 불쑥 뽑아 올리는 것이었다. 그 자신이 물보라 속을 헤집고 솟아오른 연어인 것처럼.

그의 시커먼 사타구니에는 생식기가 시계추처럼 흔들거리고 있었다. 그러나 곧장 방으로 뛰어드는 것도 아니었다. 맨발 그대로 부엌 모퉁이로 걸어갔다. 그리고 한없이 고단해 보이는 생식기를 한 손으로 잡고 수챗구멍을 조준하여 시원스럽게 오줌을 누는 것이었다. 그리고 물통을 부엌에 둔 채 부뚜막으로 올라서서 수건으로 몸을 닦기 시작했다. 그러나 언젠가 한번은 벗은 몸 그대로 부엌문 앞으로 다가가 우리 집 쪽을 유심히 지켜본 적도 있었다. 그러나 그뿐이었다.

그로 인해 생긴 사건이 있다면, 오히려 어머니 쪽에서였다. 어느 날 공교롭게도 어두워질 무렵이 되었는데도 수탉이 돌아오지 않았다. 닭장 안의 횃대를 세 번이나 살펴보았지만, 한편에 암탉 두 마리만 웅크리고 앉아 있을 뿐 어머니가 호영이 다음으로 관심을 갖고 있던 수탉은 보이지 않았다. 땅거미가 내릴 때까지 초조하게 기다렸지만, 진작 돌아올 가망은 없어 보였다. 수탉이 돌아오지 않아 속을 썩인 적은 없었다.

그제야 어머니는 호영이를 내려놓고 툇마루로 나와 앉았다. 그 소슬한 모습은 흡사 유령처럼 을씨년스러웠다. 땅거미가 내린 이후, 날씨는 갑자기 추워져 눈에 젖은 가랑잎들이 어수선하게 굴러다녔다. 어머니는 마당 가에 있는 내게 공격적이고 자극적인 말투로 수탉의 행방을 꼬치꼬치 따졌다.

"밥숟갈을 내려놓기 바쁘게 바깥으로만 쏘댕기는 니가 그놈 행방을 모른다는 기 말이나 되나?"

"내가 닭 새끼를 하루 종일 뒤따라 댕기지도 않았는데 우째 알겠습니껴."

"꼭 뒤따라 댕겨야 행방을 아나? 그놈이 근처에 있는 뉘 집 거름 더미를 자주 뒤지고 다니는지 짐작 가는 기 있을 기다. 그 숙맥 같은 놈이 남의 집 횃대에 덜컥 오를 수도 있을 기고. 그런 짐작도 없다는 기가?"

"그 닭이 숙맥은 아입니더. 한 번도 남의 집 횃대에 오르지는 않았습니더."

"남의 집 암탉이 가르릉거리면서 꼬드기면, 그 숙맥 같은 기 얼마든지 뒤따라갈 수도 있는 기라."

"우리 집에 암탉이 두 마리나 있는데 이웃 닭을 따라가겠습니껴?"

"택도 없는 소리 하지도 마라. 니가 뭘 안다꼬, 암탉 수탉 하노."

"어무이가 자꾸 물으니까 대답하는 거 아입니껴?"

"가재는 게 편이라 카디, 니가 시방 누구 편들고 있노?"

"무슨 말인지 모르겠습니더."

"말대꾸하면서 꾸물대지 말고 이웃집 닭장이나 횃대를 뒤져 보그라."

"기다려 보면 오겠제요."

"니 자꾸 말대꾸할래?"

어머니의 성화에 못 이겨 대문을 나서면서 나는 속으로 다짐했다. '떠나야 돼, 이 집에서 떠나야 돼.' 이웃하여 닭을 기르고 있는 집들의 횃대를 차근차근 뒤져 보았지만, 수탉이 보일 턱이 없었다. 연기처럼 사라진 것이었다. 수탉의 행방을 찾아내지 못하자, 배에서 꼬르륵하는 소리가 더욱 선명하게 들렸고, 공연히 짜증 나고 서러웠다. 집으로 돌아가 어머니와 대거리*라도 주고받아야 직성이 풀릴 것 같았다.

그날 밤, 집으로 돌아오는 길에 나는 공교롭게도 전혀 낯선 장소에 있는 어머니를 발견했다. 막 집으로 들어서려는 순간, 나는 두 여자가 옆집의 부엌 문간 앞에 서 있는 것을 보았다. 밤이었기 때문에 처음엔 형용만 여자들이란 것을 깨달았다. 그러나 가까이 다가갔을 땐, 그들 두 사람의 정체가 어머니와 창범이네라는 것을 알아차렸다. 그것을 깨달았을 때, 머리가 땅바닥으로 곯어 박힐 듯한 심정으로 발걸음을 뚝 멈추었다. 두 여자는 옆집 부엌문에 바짝 다가서서 문틈으로 무엇인가를 골똘하게 훔쳐보고 있었다. 무엇보다 나를 놀라게 만든 것은 바로 어머니였다. 이웃 나들이를 삼갔던, 더군다나 옆집 남자를 경계해 왔던 어머니가 여기까지 제 발로 왔다는 놀라운 사실에 확신이 들고부터였다. 창범이네가 마침 목욕을 하고 있는 옆집 남자를 발견했겠지만, 결코 싫다는 어머니를 강제로 업어 가진 않았으리라.

* 대거리 : 상대편에게 언짢은 기분이나 태도로 맞서서 대드는 말이나 행동.

그들은 옆집으로 숨어들려고 노리고 있는 하얀 유령처럼 부엌문에 달라붙어 떠날 줄 몰랐다. 주저하던 나는 발소리를 죽여 가며 방으로 들어와 버렸다. 방 아랫목에는 호영이 혼자 반듯이 누워 있었다. 방에는 사람의 그림자조차 없었는데도, 기특하게 울지 않고 천장을 바라보며 옹알이를 하고 있었다. 나는 호영이를 안아 무릎 위에 올려놓았다. 허벅다리 위로 묵직한 무게감이 느껴지면서 시큼한 비린내가 코끝을 스치고 지나갔다. 그와 함께 내가 호영이를 안아 보는 것이 처음이라는 것을 깨달았다.

나는 나를 빤히 쳐다보고 있는 호영이를 마주 내려다보았다. 처음 우리 집에 버려질 때보다 얼굴의 윤곽이 한결 또렷해졌다는 것을 느낄 수 있었다. 나는 주먹을 부르쥐고 호영이의 콧잔등을 내리치는 시늉을 해 보였다. 기회가 닿는다면, 한 번은 해 보고 싶은 동작이기도 했다. 그러나 호영이는 울음을 터뜨리기는커녕 오히려 웃으려다 말았다. 그때 대문을 들어서는 발짝 소리가 들려왔고 나는 얼른 호영이를 내려놓았다. 어머니는 툇마루 끝에서 신발을 벗으며 혼잣소리로 말했다.

"그기 미련한 곰이나 할 짓이제, 온전한 정신 가진 사람이 할 짓이가."

창범이네가 어머니의 혼잣소리를 용하게 알아채고 되받았다.

"오랜만에 구경하는 것이라 그것도 괜찮게 보이데요."

어머니는 방으로 들어서면서 옷소매로 입을 가리며 웃음을 참고 있는 창범이네를 삼엄한 눈총으로 면박을 주었다. 추위 때문인지는 몰라도 나는 어머니의 연지볼께가 붉게 상기되어 있는 것을 발견하였다. 방에 앉아 있는 나를 본 어머니는 흠칫 놀라는 눈치였다. 그러나 곧장 평온을 되찾아 나를 추궁하기 시작했다.

"그놈 찾았나?"

"못 찾았습니더. 그놈아가 어디로 갔는지 밤중에는 아무래도 못 찾을 것 같습니더."

그때, 어머니는 목청을 높여 나를 꾸짖었다.

"그놈이라이? 무슨 버르장머리 없는 소리로?"

"그라면, 닭보고 그놈이라 카제 삼촌이라 카까요?"

"니가 또 말대꾸하고 대드나?"

나는 드디어 말대꾸해선 안 되겠다고 스스로 달래었다. 버르장머리 없음을 들먹이며 꾸중하던 어머니가 무심코 내뱉은 말속에는 앙금처럼 깔린 슬픔이 있다는 것을 그 순간 깨달았기 때문이었다. 나는 다시 일어섰다.

"한 번 더 찾아볼 기라요."

"나하고 같이 가자."

우리 두 사람의 거동을 눈여겨 바라보던 창범이네가 말리고 나섰다.

"모자가 같이 얼어 죽을라꼬 작정했습니꺼. 한밤중에 왜 이렇게 서두르시나들."

어머니는 명주 수건을 목에 두르며 말했다.

"밤중 아이라 꼭두새벽이라 캐도 그놈을 찾아야제. 이 집에 사는 한, 말 못하는 짐승이라도 한 식구 아이가."

"나중에 결국은 잡아먹을 짐승인데, 바람이 칼끝 같은 야밤에 고생스럽게 찾아 나설 기 뭡니꺼. 이웃집 횃대에 올랐다가, 내일 아침이면 시치미 뚝 잡아떼고 어슬렁거리며 들어올 긴데……."

옷매무새를 고치려다 말고 창범이네를 노려보는 어머니의 눈길에는 적의까지 서려 있었다. 그러나 어머니는 더 이상 창범이네와 입씨름하진 않았다. 나보다 먼저 문밖으로 나서는 어머니를 뒤따르면서 나는 가슴이 두근거리기 시작했다. 나는 이미 수탉의 행방을 알고 있기 때문이었다. 그러나 어떤 일이 있어도 어머니에게 그것을 말할 수는 없었다.

바야흐로 어머니와 나의 세상 순례는 시작되었다. 한 가지 놀라운 사실은 평소에 문밖출입도 않았던 어머니가 닭을 치고 있는 집을 정확하게 꿰뚫고 있다는 것이었다. 어머니는 거의 정확하게 닭을 치고 있는 집을 가려내어 내게 가리켜 주었다. 그러나 그날 밤의 은밀한 순례는 자칫하면 이웃에게 혹독한 비난을 당할 염려가 있었다. 남의 집을 몰래 엿보고 다녔다는 사실이 들통날 경우, 혼자 살고 있는 어머니에겐 회복할 수 없는 오점을 남길지도 몰랐다. 그런데도 어머니는 개의치 않았다.

우리는 침입자가 되어 버렸다. 내가 한 집으로 살금살금 기어들어 수탉이 있는가를 살펴보는 동안, 어머니는 그 집 담벼락에 기대서서 망을 보았다. 망을 보아야 할 사람들은 되레 방 안에서 깊은 잠에 떨어져 있고, 침입자인 어머니가 그 일을 대신하고 있다는 것은 모순이었다. 사리 분별이 분명하다는 어머니조차 그 모순을 알아채지 못했다.

모순이야 어떻든, 그 강추위 속에서도 나는 야금야금 즐거워지기 시작했다. 우선은 삼라만상이 고요하게 가라앉은 그 시각에 도둑고양이처럼 남의 집 뒤꼍과 닭장을 망꾼까지 세워 두고 뒤지고 있다는 긴장과 초조는 나를 전율하게 만들었다. 또 다른 한 가지 즐거움은, 그것이 어머니의 잘못된 판단과 실패를 바로 코앞에서 눈여겨볼 수 있는 기회가 되었다는 점이었다.

우리는 이웃이라고 말하기엔 거북할 정도로 멀리 떨어진 집까지 뒤졌으나 수탉의 행방을 찾아내는 데는 끝내 실패하고 말았다. 그런데도 어머니는 쉽사리 포기할 기색이 아니었다. 어머니의 그 진지함과 초조가 해바라기 씨앗을 까먹는 일처럼 고소하기 짝이 없었다. 오늘 밤이 아니라 한 달에 걸쳐 찾는다 해도 어머니가 수탉을 찾아내기란 작대기로 별을 따는 일처럼 불가능하다는 것을 나만의 비밀로 알고 있기 때문이었다. 그러나 그날 밤의 순회는 어머니에게 매우 커다란 뜻이 있었다. 아마도 어머니는 우리 마을로 시집온 이후 그날 밤처럼 철저하게 마을 사람들의 살림살이를 속속들이 살펴볼 기회가 없었을 것이었다.

밤새우기를 예사로 알았던 어머니도 추위 때문에 지친 듯했다. 약초를 말리기 위해 세워 놓은 서까래와 옥수숫대들을 세워 묶은 더미들만 지키고 있는 황량한 마당 순례는 을씨년스럽기만 할 뿐 별다른 의미가 없어지기 시작했다. 창호지를 댄 방문에서는 우렁찬 황소 울음소리를 내뿜고 있었고, 장작을 쌓아 올린 굴뚝들에선 간혹 연기가 모락모락 피어오르고 있었다. 나무껍질로 군불을 지피고 있는 집들이었다. 어머니와 나는 추위로 꽁꽁 얼어붙은 손을 굴뚝을 감싸안아 녹이기도 하였다. 그럴 때마다 나는 삼례를 떠올리곤 하였다.

어머니와 마주 서서 굴뚝에다 손을 녹이면서 문득 어머니에게 한마디를 건넸다.

"어무이요?"

"왜?"

"삼례 누나 어디 있는지 어무이도 모르제요?"

느닷없는 질문에 어머니는 흠칫 놀라는 눈치였다. 어머니는 목소리는 낮았으나 짜증 섞인 말로 대꾸했다.

"닭 찾으러 나온 아가 갑자기 삼례는 왜 찾노?"

"굴뚝에 손을 녹이고 있으니까, 누나 생각이 굴뚝같이 나니더."

"생각난다고 수다스럽게 입으로 말을 하나? 생각나더라도 그런 양하고 꾹 참고 있어야제."

"삼례 누나는 고향이 없제요?"

"고향이 없다이? 큰일 날 소리 하지 마라. 삼례 고향이 바로 길안이라는 거를 몰라서 묻나?"

"그 고향은 어무이가 억지로 지어낸 거 아입니꺼?"

"내 고향이 길안이라면, 삼례 고향도 길안인 기라."

우리는 살금살금 그 집을 나섰다. 처음에는 위압적이고 역동적이었던 어머니의 걸음걸이에 피곤의 무게가 실리기 시작하면서 뒤뚱거렸고, 풀이 죽은 얼굴엔 실망의 빛이 가득했다. 어머니의 발길이 무의식적으로 우리 집 쪽으로 돌려진 것은 자정을 넘긴 뒤였다.

그런데 우리가 막 집의 대문을 들어서려 할 무렵이었다. 마을 어디선가 목청을 길게 뽑아 홰를 치는 수탉의 울음소리가 들려왔다. 삼라만상이 고요하게 잠든 자정께였기 때문에 닭이 홰치는 소리는 귀청을 울려 줄 정도로 또렷했다. 한 번, 그리고 다시 두 번. 그때 어머니의 발걸음이 뚝 멈춰졌다. 목멘 한마디가 어머니의 입에서 주저없이 흘러나왔다.

"안 되겠다. 한 번 더 찾아보자. 남의 집 횃대에도 못 올라가고 헤매고 다닐 기 분명하다."

그때야말로 나는 화가 머리끝까지 치밀어 올랐다. 그래서 소리를 내질렀다.

"어무이, 또 어디로 가잔 말입니꺼?"

"니 금방 닭 우는 소리 못 들었나?"

"들었는데, 왜요?"

"닭 우는 소리를 듣고도 니 입에서 돼지 목 따는 소리가 터져 나와야 되겠나?"

그 순간, 나는 비밀을 말하고 싶은 욕구를 강하게 느꼈다. 내 한 마디면 이 고통스러운 헤맴은 끝장날 것이었다. 그러나 나는 금방 마음을 고쳐먹기로 했다. 내가 고통스럽더라도 어머니의 실패를 더욱더 만끽하고 싶었다. 나는 오히려 그런 어머니를 부추기는 심정으로 되받았다.

"그럼, 저 닭이 우리 집 닭이란 말입니껴?"

"설령 우리 집 닭이 아이라 카드라도 저 울음소리를 듣고 방에 들어가서 잠이 오겠나?"

"자정이 되면, 닭들이 지도 모르게 홰를 친다 아입니껴."

그런데도 어머니는 그 자리에 꼿꼿하게 버티고 서서 움직일 줄 몰랐다.

"알 놓는 암탉만 사지, 그 닭은 왜 샀습니껴?"

"수놈이 없으면 암탉들이 씨 없는 달걀을 놓는다는 걸 니가 몰라서 묻고 있나?"

결국은 호영이를 들쳐 업고 우리를 찾아 나선 창범이네와 마주치고 나서야 내게는 달콤했던 그날 밤의 순례가 끝났다.

얼음덩이같이 차갑게 굳은 몸으로 집으로 돌아온 것은 날이 희붐하게 밝아 오는 시각이었다. 방으로 들어서자마자, 어머니는 아랫목으로 가서 몸을 뉘었다. 수탉 한 마리가 가진 값어치 이상의 무엇을 잃어버렸다는 것을 나는 어머니의 모습에서 느끼기 시작했다. 그 파리한 입술과 탄력을 잃은 동작에는 좌절의 빛이 진하게 묻어 있었다. 안락하고 따뜻한 방에서도 어머니가 짓는 그런 모습은 쉽게 가시지 않았다. 호영이를 보듬어 안는 일도 잊은 채 어머니는 그런 모습으로 잠이 들었다. 어머니를 괴롭히는 일에 몰두해서 추위조차 잊고 있었던 나 자신이 후회스러웠다. 그러나 수탉이 어디 있다는 비밀만은 털어놓을 수 없었다.

이튿날 내가 잠에서 깨어났을 때, 어머니의 모습은 보이지 않았다. 어머니는 벌써 닭장 앞에 쪼그리고 앉아 있었다. 일찌감치 마당에 모이를 뿌려 주었는데도 암탉들은 횃대에서 내려올 낌새를 보이지 않았다. 본능적으로 아침마다 자신들을 이끌던 수탉이 없었으므로 횃대에서 내려올 엄두조차 내지 못하고 있는 것이었다. 암탉들을 마당으로 유인하려는 어머니의 구슬픈 목소리가 사뭇 계속되고 있었다. 그러나 암탉들은 오히려 닭장 깊숙한 곳으로 뒤뚱뒤뚱 옮겨 앉으며 몸을 사리고 있었다. 암탉들의 뒤를 가만가만 따라가 보아서 수탉의 소재를 미루어 짐작하려 했던 어머니의 야무진 계략도 그로써 물거품이 되고 말았다. 결국은 잡히지 않으려고 바동거리던 두 마리의 암탉을 가까스로 잡아채 밖으로 끌어내야 했다. 그런데도 평소와는 달리 잠시 모이를 쪼는 시늉만 하다간 슬금슬금 닭장 아래로 숨어들어 움직일 줄을 몰랐다.

암탉들에게 외면을 당하고 썰렁한 툇마루로 돌아서는 어머니의 입에서 드디어 한숨 소리가 터져 나왔다. 호영이를 끌어안고 아랫목에 붙박이장처럼 꿈쩍 않고 앉아 있던 어머니의 버릇은 수탉이 행방을 감춘 이후부터 흐트러지기 시작했다.

이상하게도 그날 해 질 무렵부터 눈발이 날리고 있었다. 바느질한 옷을 전달하고 돌아온 창범이네가 방으로 들어서면서 어깨를 툭툭 털었다. 눈이 내린다고 말하자, 어머니는 서둘러 방문을 열었다. 그리고 혼잣소리로 말했다.

"눈이 내리면, 그놈을 영영 못 찾고 말 긴데……."

어머니가 측은했다.

"내가 다시 한 번 찾아볼까요?"

물론 그 모든 것은 거짓말이었다. 그렇지만 어머니에게 조금이라도 위안을 드릴 수 있다면, 거짓말이라도 상관없다는 생각이 들었다.

"그럴 거 없다. 그놈도 발 달린 짐승인데, 내키면 지 발로 돌아오겠제."

어머니는 눈이 내리는 허공으로 마뜩잖은 눈길을 보내며 문을 닫았다. 어느새 방 안의 공기에서 묵직한 기운이 느껴졌다. 큰눈이 내릴 조짐이었다. "가슴이 답답해 오는 걸 보이, 눈이 많이 내릴랑가 보네요" 하고 창범이네가 말했던 것처럼, 이튿날 내 무릎이 빠질 만큼 엄청난 눈이 내렸다. 새벽에 눈을 떴을 때, 나도 모르게 부엌문을 벌컥 열어 보았을 정도로 많은 눈이 쌓여 있었다.

눈이 많이 내린 날 아침에는 삼례가 보고 싶었다. 밤새 몰래 들어온 삼례가 부엌 아궁이 앞에 쭈그리고 앉아 있을 것만 같았다. 물론 그런 꿈이 현실로 나타날 수는 없었다. 하지만 어머니가 말했던 것처럼, 그날의 눈으로 이제 수탉은 어머니의 머릿속에서 잊혀지기를 바랐다.

눈이 얼추 녹아 읍내까지 가는 길만이라도 트이기를 기다린 지 사흘째 되던 날 오후, 나는 읍내로 향하는 길 위에 있었다.

미스 민을 만나기 위해서였다. 물론 나는 미스 민이 여자라는 것 외엔 알고 있는 것이 없었다. 지난번 그 술집을 찾아가서 삼례의 소식을 물었을 때, 주인 여자가 등 뒤를 돌아보며 불렀던 여자가 미스 민이었다는 것만 기억하고 있을 뿐이었다. 담백한 눈밭 위로 오후의 엷은 햇살이 쏟아지고 있는 것을 바라보며, 나는 오늘 미스 민이란 여자를 반드시 만날 수 있으리라 믿었다.

마음속으로 믿었던 것처럼 그 여자는 술집에 있었다. 방금 일어나서 막 세수를 끝낸 여자는 어찌 된 셈인지 혼자 집을 지키고 있었다. 주인을 찾았지만 문을 열어 준 것이 공교롭게도 그 여자였다.

"누구 찾아왔어요?"

여자는 나를 빤히 바라보며 깍듯이 존댓말을 썼다.

"미스 민이라는 분을 찾는데요?"

"미스 민이라면, 바로 난데요?"

너무나 정통으로 마주친 탓으로 나는 당황하고 말았다. 나는,

젊은 나이에 대담하게 궐련을 꼬나물고 있는 여자를 처연히 바라보기만 하고 있었다. 금방 세수를 끝낸 것 같은데도 밤을 꼬박 지새운 사람처럼 피곤해 보였다. 불규칙한 수면, 불균형한 영양, 그리고 손상되어 있는 가슴속의 정한이 여자의 얼굴을 그렇게 만들고 있으리라곤 짐작할 수 없는 나이였기 때문에, 나는 여자의 그런 얼굴에서 아무런 거부감도 느낄 수 없었다. 다만 열적고* 초조할 뿐이었다. 여자는 속살이 훤하게 비치는 흐트러진 옷매무새 사이로 드러난 흰 젖가슴을 고쳐 가질 생각도 없이 한 손으로 이마를 가리며 말했다.

"지난번 언젠가 삼례 년 찾아왔던 그 총각인가 보네. 맞지요?"

"예."

"삼례 그년은 좋겠다. 애타게 찾으려는 사람이 있어서. 내 말 맞죠?"

"예."

"나 눈부시니까, 떨고 서 있지 말고 들어와요. 마침 혼자니까."

내가 방으로 들어가 엉거주춤 자리를 잡고 앉자마자, 여자는 뜸을 들일 것도 없다는 듯이 묻기 시작했다. 조금 의외라는 듯 내 두 눈을 눈여겨본 그 여자는 우선 열등한 육체에 묶여 있는 내 나이부터 정확하게 꿰뚫어 본 한마디를 던져 기선을 제압하려 들었다.

"총각이라고 부르기엔 아직 한참 미숙한 것 같지만, 총각이라

* 열적고(-없고) : 좀 겸연쩍어 부끄럽고.

부를게요. 어머니가 삼례의 행방을 찾고 있는 모양이지요?"

"예."

"내가 물을 때마다 꼬박꼬박 예예, 하지 않아도 돼요."

"예."

여자는 이마를 가렸던 그 손으로 이번엔 입을 가리고 웃었다. 그러나 나는 여자의 말에 고개만 끄덕이고 싶지는 않았다. 설혹 여자가 양해를 한다 해도 비위를 건드려서는 안 되겠다는 생각 때문이었다. 여자의 비위를 건드리면, 여자의 입에서 흘러나올 삼례의 행방은 바르게는 북쪽이면서 틀리게는 남쪽일 수도 있었고, 동쪽이면서 서쪽일 수도 있다는 염려가 있었다. 떠돌이들의 말을 믿지 말라는 어머니의 충고는 항상 기억하고 있는 것 중의 하나였다.

"어머니가 찾고 있다고 그랬죠?"

"예."

"내가 보기엔 헛수고하는 것 같은데……? 속셈이 부엌데기를 시켜 볼 심산인 것 같은데, 그게 속셈대로 될까? 나도 마찬가지지만, 이미 타관 바람 맵고 짠 맛에 길든 계집애가 다시 부엌 아궁이에 대가리를 처박으려 할까…… 총각한테는 친척 누나겠네?"

"예."

"내가 보기엔 그게 아닌 것 같은데?"

"친척 누나가 맞습니더."

"맞긴 뭐가 맞아. 총각이 보고 싶은 거지."

"아인데……요."

"아직 쬐끄만 총각이 산전수전 다 겪은 나를 속이려 드네?"

나는 그만 말문이 막히고 말았다. 보고 싶다든가, 그립다든가 하는 어휘들을 마음속에 담는 것만으로도 왜 말을 더듬고 얼굴이 붉어지고 손이 떨리게 되는지 그 까닭을 알 수 없었다. 그토록 자연스럽고 아름다운 감정을 부끄러워하고 있는 나 자신도 알 수 없었다.

여자는 더 이상 추궁하려 들지 않고, 금세 딴 얼굴이 되어 방구석에 밀쳐놓았던 화장품 그릇을 발가락으로 끌어당겼다. "가만있자, 그게 어디 있나." 혼자 중얼거리면서 화장품 그릇 속을 헤집고 있었다.

여자는 별로 내키지 않은 듯 시간을 끌다 혼잣소리로 말했다. "할 수 없군." 그러더니 화장품 그릇 속에서 구겨진 종이쪽지를 꺼내 들어 눈썹을 그리던 몽당연필에 침을 발라 가며 끼적거렸다.

"삼례나 미숙이를 꼭 찾고 싶다면, 여기로 가 봐요. 소개소인데 대구 시내 한가운데 있어요. 그러나 미숙이가 명숙이로 바뀔 수도 있고, 영희로 바뀔 수도 있으니까 찾기가 쉽지 않을 거예요. 주인 아줌마 돌아올 시간 됐으니까, 이젠 가 봐요."

나는 고맙다는 인사조차 못하고 서둘러 술집을 나왔다. 구겨진 종이에는 낯선 주소가 적혀 있었다.

달이 무척 밝았다. 그 순간 나는 가슴이 덜컥 내려앉았다. 마을까지 그다지 먼 길은 아니었지만, 이 밤길에 나 혼자뿐이라는 것을 깨닫는 순간, 온몸이 까닭 없이 오싹했고 머리끝이 쭈뼛했다. 노래를 부르며 마음의 평정을 쉽사리 되찾을 수 있었던 것은, 달빛이 무척이나 밝아 한길은 대낮과 다름없었기 때문이었다. 몸은 금방 후끈 달아올랐고, 숨을 쉴 때마다 입에서 하얀 김이 뿜어졌다.

달빛을 받은 내 그림자가 은박지 같은 눈밭 위로 어른거렸다. 눈밭 위로 떨어졌다가 튀겨지는 달빛 사이로 나는 삼례를 발견했다. 그녀는 발가벗은 채로 한길의 저쪽 멀리에서 나를 향해 사뿐사뿐 눈을 지르밟으면서 걸어오고 있었다. 유령이나 도깨비가 아니면, 선녀인지도 모른다. 그런 생각도 들었지만, 나는 곧장 고개를 가로저었다. 유령은 반드시 발등을 덮을 정도로 길고 하얀 옷을 걸치고 있고, 도깨비는 이마에 뿔 같은 붉은 혹이 불거져 있다. 그리고 선녀는 땅에다 발을 내려놓고 걷지 않는다.

그것은 분명 삼례였다. 바람이 불면 부는 대로 흔들리는 듯하면서도 두메양귀비를 피우겠다는 마음속의 꿈을 놓치지 않는 야생화 같은 여자, 도도하고 당당하게 살면서도 가슴속에 비련의 슬픔을 가지고 있는 여자는 이 화사한 달빛 속에선 발가벗은 채로 걸어갈 것이라고 나는 믿었다.

삼례의 몸은 눈밭에서 튀겨지는 달빛을 받아 하얗게 빛나고 있었다. 그 황홀한 정경을 나는 걸음을 멈추고 서서 바라보았다. 그녀가 우리 마을에 다시 나타난 것이었다. 그러나 한 가지 이상한 것이 있었다. 삼례의 뒤편으로는 수수밭이 가로놓여 있고, 그 뒤로는 눈이 닿는 곳까지 벼가 가득한 푸른 논이 가없이 까마득하게 펼쳐져 있었다. 이 한겨울에 수수밭과 벼 포기가 빼곡하게 들어선 푸른 논이 보인다는 것은 얼토당토않은 일이었다. 그러나 그 모순까지도 나는 아주 당연한 것으로 여기고 있었다. 삼례와 관련된 모든 것은 아무리 큰 모순이 있는 것이라 할지라도 그 모두가 당연해야 한다고 생각했다.

잠깐 멈추어 서 있던 나는 다시 발걸음을 떼어 놓기 시작했다. 우리는 서로를 마주 보며 한동안 걸었다. 참으로 내가 예상할 수 없었던 모순은 그때부터 시작되었다. 곧장 마주쳐서 이마라도 부딪칠 것 같은 그녀와 나 사이의 거리가 전혀 좁혀지지 않았기 때문이었다. 입에서 단내가 훅훅 풍길 정도로 상당한 시간 동안 열심히 발걸음을 떼어 놓았는데도 그녀와 나는 도대체 마주치지 않았다.

나는 애간장을 태웠고, 비로소 이것이 얼어 죽게 될 징조가 아닌가 의심하기 시작했다. 눈이 많이 내리는 겨울만 되면, 술 취한 길손이나 거지들이 길을 잃고 눈 속을 헤매다가 눈더미에 묻히거나 가파른 길에서 발을 헛디뎌 나둥그러져서 꽁꽁 얼어붙은 시신으로 발견되었다는 이야기들이 심심찮게 들리곤 했었다. 그렇다면, 삼례의 얼어 죽은 망령이 지금 내 앞에 나타난 것일까. 아니, 그렇게 생각하고 있는 내가 지금 죽어 가고 있는 것은 아닐까. 그러나 나는 지금 열심히 걸어가고 있었고, 삼례 또한 자신을 얼어 죽도록까지 내버려 둘 아둔한 여자는 아니었다. 남의 집 부엌으로 도둑고양이처럼 기어들 수 있을 만치 대담한 삼례이고 보면, 그런 염려는 공연한 것이었다.

바로 그때였다. 눈 깜짝할 사이에 삼례의 모습이 불과 대여섯 걸음을 사이에 두고 내게로 성큼 다가선 것을 발견하였다. 그런데도 내 입에서 당연히 터져 나와야 할 누나라는 말이 흘러나오지 않았다. 내 이름을 부르지 않았던 것은 삼례도 마찬가지였다. 그렇다면, 삼례와 나는 모두 망령이 아닐까. 그랬다. 어쩌면 우리는 망령끼리 만나고 있는지도 몰랐다. 그런데 삼례는 어째서 이 엄동설한에 발가벗은 채로 나타난 것일까.

나는 드디어 내장 속에 들어 있던 것들이 입 밖으로 툭 튀어나올 정도의 큰 소리로 삼례를 불렀다. 그것과 함께 저만치 서 있던 삼례의 모습도 사라져 버렸다. 뿐만 아니라, 그녀의 등 뒤로 펼쳐졌던 수수밭과 논까지도 사라져 버렸다. 평소에 풍요롭게만 보이던 외줄기의 하얀 눈길이 싸늘한 달빛 아래로 황폐하게 가로누워 있을 뿐이었다. 그러나 그녀의 모습이 시야에서 사라져 버린 후에도 나는 그것을 착각이라고 생각하지는 않았다. 다만 삼례가 멀리로 도망가 버린 것이라고 생각했다.

어디서 나타났는지 누룽지가 달려와 내 바짓가랑이를 물고 늘어졌다. 시큼한 두엄 냄새가 콧등에 와 닿았다. 나는 어느덧 마을 입구에 당도해 있었다. 그 근처에서 눈 속을 뒤지며 뒹굴던 누룽지가 우연히 내 목소리를 알아듣고 달려온 것이었다. 나는 자리에

서서 꼼짝하지 않았다. 삼례가 다시 나타날지도 몰랐기 때문이었다. 그래서 집으로 들어가는 골목 입구에서도 차가운 공기가 목덜미의 살점을 도려낼 듯할 때까지 그렇게 서 있었다.

멀리로 우리 집에서 켜둔 불빛이 바라보였다. 불빛이 희미해 보이는 것은 너무나 밝은 달빛 탓이었다. 이 마을에서 밤늦도록 불이 켜져 있는 집은 언제나 우리 집이란 생각이 뒤통수를 치고 지나갔다. 불빛은 흡사 달빛 속 허공에 꿰어 매달아 둔 한 개의 홍당무 같았다. 홍당무는 가만히 멈춰 있는가 하면, 때로는 달빛을 밀어내며 조금씩 흔들리고 있는 것처럼 보였다. 온몸을 뒤흔들어 눈을 털고 있는 누룽지를 앞세우고 나는 집으로 뛰기 시작했다.

내가 방으로 들어서는 것과 동시에 나를 흘끗 보던 어머니가 가만히 말했다.

"밤바람이 억시게 춥제? 니 그놈의 닭 찾느라꼬 밤늦도록 쏘다녔제?"

나는 그럴싸하게 둘러댈 말을 찾지 못하고, 나에게는 난생처음으로 낯설게만 보였던 방 안의 정돈된 풍경에 애매한 시선을 던지고 있었다.

"오늘 밤에서야 겨우 그놈의 행방을 알아냈다 카이."

땅이 꺼질 듯한 한숨 소리와 함께 흘러나온 어머니의 말을 듣는 순간, 나는 가슴이 덜컥 내려앉았다. 결국은 탄로 나고 말았구나 하는 낭패감 때문이었다. 눈앞이 콱 막히는 기분이었다. 그런 중에도 어머니의 말은 이어지고 있었다.

"철없는 니한테까지 이런 말을 해야 될지 모르겠다만, 우짜겠노. 내가 그 사람 체면만 생각하고 입을 꾹 다물고 있으면, 천진난만한 니가 이 엄동설한에 그놈 행방 한 가지를 찾아내겠다고 밤마다 눈길을 헤매고 다닐 기 뻔한 거 아이겠나. 그러다가 고뿔이라도 들어서 몸져눕기라도 한다면, 그 벌충*을 어디 가서 하겠노."

그제야 나는 겨우 한마디 거들 만한 여유를 찾았다.

"닭을 찾았습니껴?"

"찾기는 했다만 헛수고가 돼 뿌렀다 아이가."

나는 선 채로 어머니를 내려다보고 있었다. 허탈 바로 그것이었다. 그런데 어째서 창범이네는 지금까지 단 한 마디도 거들지 않은 채 등을 돌리고 앉아만 있는 것일까. 나는 어머니가 모든 것을 다 이야기해 줄 때까지 기다리기로 했다. 그 순간 어머니의 목소리가 낮아졌다.

"니가 들어도 놀랄 일이제. 옆집 장독간에서 우리 닭을 잡느라꼬 뜯어 낸 닭의 한쪽 날갯죽지를 찾아냈다 카이. 그 고운 깃털이 살아 있을 때와 똑같이 곱더래이…… 그것도 처음에는 흔적을 없앤다꼬 눈 속에다 파묻어 놓았던 긴데, 개숫물하고 목욕물을 내쏟아 눈이 녹으면서 드러나고 말았던 기라. 세상에 허우대가 멀쩡하게 생긴 이웃 사내가 우째 그런 일을 저지를 수 있겠노. 나는 이 일

* 벌충 : 손실을 입거나 모자라는 것을 보태어 채움.

을 우짜면 좋겠노?"

나는 어머니 눈 속으로 가득하게 괴는 눈물을 보았다. 철들어서 지금까지 그토록 처절하게 절망적인 표정을 짓고 있는 어머니의 얼굴을 본 적이 없었다. 그러나 나로선 지금 어머니를 위로할 수 있는 아무런 방법이 없었다.

참으로 이상한 일이었다. 닭의 날개를 옆집 굴뚝 밑에다 묻어 둔 장본인은 바로 나였다. 그것이 어떻게 장독대까지 끌려 나오게 되었는지 전혀 이해가 되지 않았다. 그러나 나는 금방 속으로 아차 하였다. 굴뚝 밑에다 그것을 묻고 있을 때, 시종 누룽지가 곁에서 지켜보고 있었다는 것을 기억해 냈다.

"믿는 도끼에 발등 찍힌다는 옛말 하나도 그른 기 없대이. 저 작자가 겉으로는 우리 집 힘든 것을 걱정하는 척하면서도 속으로는 그런 모질고 사악한 심보를 품고 있었다는 기 뚜렷하게 드러난 셈이제. 그러나 아무리 못된 심보를 품고 있는 작자라 한들 썩은 계란 낳지 말라꼬 데려다 놓은 씨닭을 몽둥이로 때려서 잡아먹고 딱 잡아떼는 법이 어디 있노. 앞으로는 상종도 못할 사람이대이."

그때였다. 어머니의 푸념을 길게 듣고 있기가 민망했던 창범이네가 뒤돌아보며 한마디 거들었다.

"성님요, 이제 그만 하고 주무시소. 이미 그렇게 된 일인데, 자꾸만 곱씹으면 마음만 상하지 무슨 소득이 있겠는교. 다음 장날에 나가서 다시 한 마리 사 오는 수밖에 다른 뾰족한 도리가 없잖겠습니껴."

"팔도에 있는 장터를 모조리 훑는다 할지라도 그만한 토종은 구하기 어렵네."

"찾아보면 왜 없겠습니껴?"

"임자는 남의 복장 지르지 말고 가만있기나 하게."

"다른 곳에 있던 걸 뉘 집 개가 그 집 장독대에 물어다 놓을 수도 있잖습니껴? 그 점잖은 양반이 설마하니 동네 건달들처럼 남의 닭이나 잡아먹고 시치미를 잡아떼겠습니껴?"

"열 길 물속은 알아도 한 길 사람 속은 모른다는 옛말이 있네."

"그래도 나는 아리송합니더."

"잡아먹었다는 증거가 뚜렷한데 아리송하다이? 임자가 남의 창자 속을 뒤집을라꼬 아주 발벗고 나서는구먼. 내 말이 맞제?"

옆집 남자를 두둔하던 창범이네가 머쓱해서 말문을 닫았다.

나는 입술이 간질간질하였다. 우리 집 수탉은 옆집 남자가 잡아먹은 것이 아니고, 누룽지가 공격해서 물어 죽인 것이었다. 나는 이미 수탉의 시체를 옆집 두엄 더미에서 찾아내었다. 누룽지의 주둥이가 피로 벌겋게 물들어 있었다. 닭을 물어뜯던 누룽지는 나를 보자 꼬리를 감추고 멀리로 달아나 버렸다. 나는 한동안 암담한 기분이었다. 누룽지가 감당해야 할 시련이 눈에 선했다. 어머니는 본래부터 누룽지를 썩 달가워하지 않았다. 그런 누룽지가 우리 집 수탉을 물어 죽였다고 곧이곧대로 일러바친다면, 어머니는 결코

가만있지 않을 것이었다.

나는 아직 따뜻한 체온이 남아 피가 뚝뚝 떨어지는 수탉을 수습하여 윗도리 속에 감추었다. 그 시신을 버린 곳은 방천둑 아래에 있는 소택지였다. 그렇게 처리하고 나서도 뒤통수가 메슥메슥해서, 다시 두엄 더미 근처를 샅샅이 살펴보았다. 그때 발견한 것이 따로 떨어져 나간 수탉의 날갯죽지였다. 누룽지는 그것조차 유심히 보아 두었다가 철저하게 파헤쳐 끌고 다니다가 결국 장독대 근처에다 팽개친 것이었다.

내가 누룽지가 저지른 범죄의 흔적을 지워 주는 데 그토록 심혈을 기울였던 것은 나름대로 까닭이 있었다. 그것은 어머니와 호영이에 대한 적개심과 미움 때문이었다. 내가 저지르고 말았어야 할 일을 누룽지가 대신해 주었다는 깊은 동료애와 쾌감이 내 깊은 내면에 숨어 있었다. 그래서 나와 누룽지는 손쉽게 한통속이 된 것이었다. 내가 차마 저지르지 못했던 일을 누룽지가 대신해 준 이상, 내가 누룽지를 도와주는 것은 당연하다고 생각했다. 솔직한 마음으로는 누룽지를 끌어안고 방천둑 눈밭 위라도 구르고 싶었다.

그런데 문제는 그 모든 죗값을 옆집 남자가 고스란히 떠안게 되었고, 이제 와선 어머니의 오해를 해명할 여지조차 없어져 버렸다는 것이었다. 내가 입을 다물고 있는 이상 옆집 남자는 곱다시* 겉 다르고 속 다른 뻔뻔스러운 사람으로 낙인 찍히고 말 것이었다.

* 곱다시 : 그대로 고스란히.

그러나 나는 끝내 입을 다물었다. 장차 두 사람 사이에 어떤 갈등이나 마찰이 벌어지든 나와는 상관없는 일이라고 생각해 버렸다.

어머니는 사흘 동안이나 문밖출입을 하지 않았다. 그리고 장날이 돌아왔다. 우리는 아침 일찍 읍내 장터로 향했다. 새로운 식구가 될 수탉을 찾아내기 위함이었다. 우리는 죽은 수탉을 살 때처럼 장텃가 담벼락에 기대서서 해바라기를 하며 장이 서기를 기다렸다. 그리고 사람들의 목소리로 장터가 시끌벅적해질 때까지 기다렸다. 수탉 찾기 순례는 그때부터 시작되었다.

세상 보기를 바닷가의 불결한 여인숙처럼 여기는 어머니가 잃어버린 수탉을 다시 찾기 위해 삼가던 장터거리로 나가 수탉 찾는 일에 몰두하는 것은 너무나 큰 변화였다. 장터의 가게와 골목을 샅샅이 뒤진 그날의 순례에서 우리는 애석하게도 잃어버린 것과 비슷한 수탉을 찾아내지 못했다. 그러나 역시 어머니는 옛날처럼 쉽사리 포기하지 않았다.

눈바람이 몰아치는 장터는 아침부터 해 질 녘까지 시종 썰렁했다. 모닥불을 피워 놓은 몇 군데만 장꾼들이 서성이고 있을 뿐, 그들이 하는 말처럼 두 사람이 싸우면 말릴 사람도 없을 정도였다. 아무나 쬘 수 있도록 피워 놓은 모닥불 가까이 다가가고 싶은 마음이 간절했으나, 어머니가 그쪽으로는 고개조차 돌리지 못하도록 엄하게 눈치를 주었으므로 얼씬도 할 수 없었다.

어느덧 짧은 겨울 해가 산등성이를 넘고 땅거미가 내릴 때까지,

우리는 사시나무 떨듯 하며 장터 모퉁이 여기저기를 서성거렸다. 지난해 가을에 걷지 않아 새까맣게 메마르고 비틀어진 호박 넝쿨이 그대로 매달려 있는 어느 집 담벼락 아래에 어머니는 엉덩방아를 찧으며 쪼그리고 앉았다. 현기증이 찾아온 것이었다. 눈을 감고 까물까물한 정신을 가다듬고 있던 어머니가 눈을 떴을 때, 나는 두 눈에 가득 괴어 있는 눈물을 보았다. 어머니가 앉아 있는 담벼락 아래에는 흙탕물이 튄 눈더미가 쌓여 있었다. 어머니의 엉덩이는 벌써 그 더러운 눈 속에 반쯤이나 파묻혀 있었지만, 어머니는 그것을 눈치 채지 못할 만큼 지쳐 있었다.

"어무이요, 이제 그만 가시더."

"그래, 이제는 그만 가야 되겠제. 니캉 내캉 이런 발버둥을 치고 있는 꼴이 너그 아부지 꿈에 보일까 봐 겁이 덜컥 난다. 이게 무슨 몹쓸 짓이고."

"아부지는 왜 들먹입니껴. 호영이 때문에 닭을 사려는 기 아입니껴?"

그것은 어머니의 아픈 곳을 정통으로 겨냥한 말이라고 생각했다. 그리고 나로선 가슴속에 넣어 두고 굴리기만 하면서 차마 이야기하기 두려워했던 한마디이기도 했다. 내 예상은 제대로 들어맞은 것 같았다. 어머니는 한동안 아무 말 없이 나를 바라보기만 했다. 그러나 흘러나오는 말은 내가 예상했던 것이 아니었다.

"수탉은 내 가슴이 하도 허전해서 키우려는 것이지 호영이 때문에 사려는 기 아이다. 호영이가 아직은 말도 못하지만, 언제 내 보고 수탉 사 달라꼬 앙탈 부리는 거 보았나? 그기 아이다. 그 수탉을 잃어버리고 나이 어찌 된 셈인지, 내 마음이 뜬구름 같아져서 걷잡을 수가 없어졌다 카이. 차라리 처음부터 집에서 키우지 않았으면 이런 마음고생을 하지 않아도 되었을 긴데…… 오늘에사 생각하이 후회막급이다."

"그라면, 어무이가 닭 모이를 안 주고 왜 내보고만 하라 캤습니꺼?"

"그놈을 알뜰하게 거두는 내 거동을 이웃 사람들이 보기라도 한다면, 입방아를 찧을까 봐 내가 지레 겁을 먹었던 탓이다."

"닭 모이를 주는데 뭐가 겁이 납니꺼?"

"세상 사람들 모두 니 같으면 얼매나 좋겠노. 어른들이란, 밤마다 똥걸레를 입에 물고 잠을 자는지 주둥이가 더럽기 짝이 없제."

어머니는 부축하려 드는 나를 향해 손을 홑뿌리고 나서 손수 담벼락을 붙잡고 가까스로 일어났다. 어머니가 깔고 앉았던 눈더미 위에는 멧방석*을 내려놓았던 것처럼, 어머니 엉덩이보다 더 커다란 눈자국이 남았다. 그때 장터에는 떨어진 곡식 낟알을 찾아온 참새 떼만 내려앉아 재잘거리고 있었다.

장텃길을 벗어나 한길로 들어섰을 때, 어머니는 나를 뒤돌아보며 앞장서라는 눈짓을 보냈다. 등 뒤에서 어머니의 혼잣말이 들려

* 멧방석 : '짚방석'의 방언.

왔다.

"이 세상에는 헤아릴 수조차 없는 엄청난 사람들이 살고 있다카더라. 나도 그중 한 사람인 것은 틀림없지만, 이런 산골 외딴 곳에 살고 있는 나를 알고 있는 사람은 아무리 따져 봐도 너그 아부지하고 니하고 단 두 사람뿐이더라. 그렇게 하잘것없이 기죽어 살아가는 나 같은 여자가 명줄을 근근이 이어 가기도 왜 이토록 곡절이 많고 고단한 것인지 알 수가 없다…… 없어진 그놈을 대신할 닭을 사겠다꼬 장터거리로 나선 오늘의 일도 곰곰이 생각해 보면 얼굴이 뜨겁고 남세스러운* 일이제……."

어머니의 슬픔은 내가 감히 넘겨짚을 수 없으리만큼 깊은 곳에 자리 잡고 있다는 것을 어렴풋이 짐작할 수 있었다. 그러나 내가 그 깊은 슬픔에 가까이 접근할 수는 없었다. 다만 어머니를 조금이라도 위로해 줄 방법이 내게 있다면, 수탉의 행방을 곧이곧대로 일러 주는 일뿐이었다. 나는 발걸음을 지척거릴* 정도로 혼란을 느끼고 있었다. 그러나 끝내는 누룽지가 당할 가혹한 징벌이 몸서리쳐지도록 싫었다. 그 징벌은, 누룽지가 죽음에까지 이르지는 않더라도 어머니와 옆집 남자에게 오랫동안 매질이나 괄시를 당해야 할 게 분명했다. 누룽지를 그런 곤경에 빠뜨릴 수는 없었다. 내린 눈은 그대로 꽁꽁 얼어붙어 있었으므로 우리는 갓길을 찾아 까

* 남세스러운 : 남에게서 비웃음이나 조롱을 당할 만한.
* 지척거릴 : 힘없이 다리를 끌면서 억지로 걸을.

치걸음을 흉내 내며 걸어야 했다.

“혼례를 치르고 난 뒤…… 신접살림을 차리고 나서도 한참 뒤에야 너그 아부지가 특별한 일거리가 없는 사람이라는 걸 알았제. 그럴듯한 가문의 후손이란 허울만 있었지, 논농사든 밭농사든 순전히 남의 품을 빌려서 짓는 건달이나 다름없었제. 그렇다고 머릿속에 식자깨나 들어 있어서 이웃 간에 대접을 받는 처지도 아이었다. 그런 사람이면서, 1년 365일 두고 밥숟갈을 놓기가 무섭게 바깥출입을 할 만치 무척이나 바쁜 사람이었제. 한 번 나가면 밤중 아이면 돌아오는 법이 없었고, 어떤 때는 사나흘씩이나 아무 소식이 없을 때도 있었다. 그런데도 나는 트집을 잡을 건더기가 없었다. 남정네들이란 으레 그만한 볼일이 있어서 출입이 바쁜 것이라고 생각했제. 내 생각이 그랬는데 무슨 불평을 했겠노. 나는 오히려 뒷전에서 개평*이나 뜯는 못난 사람 되지 말고 투전판에 뛰어들어서 패를 돌리는 사람이 되라꼬 부추겼다. 그기 남자로 태어나서 해야 할 처신이 아이겠나?”

그것이 아버지를 비난하는 것이든, 아니면 두둔하는 것이든, 그렇게 아버지에 대해 길게 이야기를 들려준 것은 난생처음이었다. 나는 아버지가 건달이었든 허울만 좋은 농사꾼이었든 상관없었다. 다만 어머니가 처음으로 아버지의 이야기를 터놓고 얘기하고 있다는 것에 솔깃함을 넘어 가슴 뿌듯한 팽만감을 느꼈다. 그러나

* 개평 : 노름이나 내기 따위에서 공으로 조금 얻어 가지는 것.

어머니는 꺼려 왔던 말문을 우연히 터놓긴 하였으나 엉뚱하게 결론짓고 말았다.

"옛날 일이긴 하지만, 너그 아부지가 노름판이나 기웃거리며 소일하는 사람이란 걸 내한테 귀띔해 준 사람이 누군지 아나? 바로 우리 닭을 잡아먹은 그 작자였다. 친숙하게 지내는 이웃 사람에게 흉허물이 있다면 그걸 애써 덮어 줘야 할 긴데, 그 작자 심보는 그게 아이었제. 남의 허물이나 고자질하고 댕기는 작자를 두고 창범이네가 점잖은 양반이라고 두둔하는 걸 보이, 하도 기가 차서 말문이 막히더라."

어머니의 머릿속에서 잃어버린 수탉을 지우기란 매우 어렵다는 것을 깨달았다. 그러나 어머니에게선 그다음 장날이 돌아왔는데도 내게 읍내로 가자는 말이 없었다. 옆집 남자에게 분풀이하기 위해서라도 보란 듯이 새 식구가 될 수탉을 사 와야 할 처지였는데, 어머니는 그 일을 씻은 듯이 잊어버린 것이었다. 잊었다기보다 더욱 위급한 일이 닥친 것인지도 몰랐다.

더욱더 이상한 것은 어머니가 살금살금 집 안 정리를 하기 시작했다는 사실이었다. 몇 년째 벽장 속에서 잠자고 있던 이불을 꺼내어 홑청을 다시 갈고, 장독대의 옹가지*와 독들을 씻으면서 한나절을 온전히 보내고 있었다. 깔끔한 부뚜막에 새벽질*을 다시

* 옹가지 : '옹자배기'의 방언.
* 새벽질 : 벽, 방바닥 등에 차지고 고운 흙을 덧바르는 일.

하는가 하면, 뒤곁에 쌓아 둔 장작들을 다시 정돈해서 쌓기도 하였다. 집안일 때문에 수탉을 사러 가는 따위는 엄두조차 못 낼 것 같았다.

어머니의 그런 돌출 행동에서 나는 비로소 아버지를 예감하기 시작했다. 마을에서 가까운 곳까지 아버지가 다가와 있거나, 아니면 먼 곳에 있다 할지라도 집으로 돌아올 준비를 하고 있다는 소식을 들었다는 추리가 가능했다. 아버지와 관련된 소식이 아니라면, 집 안에만 틀어박혀 있던 어머니를 그토록 부지런히 움직이게 만드는 묘약은 있을 수 없었다.

집 안을 정돈하는 동안 어머니의 얼굴에는 홍조가 가득했다. 한 가지 이상한 것은 아버지가 돌아온다는 소식을 언제 듣게 되었으며, 그것을 내게조차 내비치지 않고 비밀로 묻어 두고 있는 까닭을 알 수 없다는 사실이었다. 그즈음 우리 집을 다녀간 사람도 없었고, 우체부가 다녀간 흔적도 없었다.

대엿새 동안이나 계속되었던 어머니의 집일이 거의 끝나 갈 무렵, 내가 예상하고 있었던 것이 현실로 다가왔다. 그러나 아버지가 나타난 것은 아니었다. 며칠 동안의 열병과 같은 긴장을 겪고 난 내 앞에 모습을 드러낸 사람은 공교롭게도 길안에 살고 있다는 외삼촌이었다. 먼 눈길을 걸어왔을 그가 우리 집 대문을 소리도 없이 가만히 밀고 들어섰을 때, 나는 가슴을 치는 실망감으로 견딜 수 없었다. 어머니와 아버지의 결혼을 은근히 반대했던 사람,

어머니가 겪고 있는 고통을 나누어 가져야 할 혈육으로서의 정을 외면해 왔었다는 왜소한 체구의 외삼촌이 집 안으로 들어서던 그날의 해 질 무렵, 나는 오직 어디로 가야 한다는 강박감에 몸 둘 바를 몰랐다. 기다리고 있던 어머니와 인사를 나누는 동안, 나는 부리나케 집을 나서고 말았다. 집을 뛰쳐나왔다기보다 나와는 첫 대면인 외삼촌으로부터 도망치고 싶었다. 그러나 가슴 한편으로는 원망스러움과 함께 정체 모를 연민이 깔리기 시작했다.

골목의 눈길에는 외삼촌이 남겨 놓은 발자국들이 선명하게 남아 있었다. 나는 그 발자국을 거꾸로 덧밟아 보았다. 우리 집으로 들어온 방문자가 있다는 증거가 너무나 뚜렷한 발자국들은 내가 거꾸로 밟아 준 발자국으로 말미암아 하나하나 무의미하게 지워지기 시작했다. 외삼촌의 방문이 그처럼 무의미해지기를 나는 속으로 빌었다.

나는 곧장 한길로 나섰다. 눈과 진흙이 범벅이 되어 나뒹구는 길에는 사람들의 발길이 뜸하였다. 대문만 나서면 그토록 갈 곳이 많던 평소와 달리, 저녁 이내가 설핏하게 깔리고 있는 이 시각은 이상하게 두 다리가 뚝 잘려 나간 듯 갈 곳이 없었다. 정미소의 문도 닫혔을 것이다. 이미 죽고 없는 수탉의 행방을 찾아 나선다는 것도 무의미했다. 나는 세찬 하늬바람이 쌓인 눈을 헤치고 있는 산 구릉들의 유장한 흐름을 하염없이 바라보았다. 우쭐거리며 달려 나간 거무튀튀한 산자락들은 시야에서 아득하게 멀어지면서 회색 하늘 속으로 숨어 버리곤 하였다.

섬뜩한 추위가 곧장 엄습해 왔다. 나는 문득 아래를 내려다보았다. 두 다리가 온전하다는 것을 알아채는 순간, 저절로 발걸음이 옮겨졌다. 그러다 얼마 만엔가 눈앞에 나타난 광경에 스스로 놀라 걸음을 멈추었다. 그곳은 나 혼자만의 장소였던 읍내의 선술집 앞이었다. 그러나 항상 남폿불을 환하게 밝혔던 방에는 불빛이 보이지 않았다. 불 꺼진 방에 인기척이 있을 수 없었고, 식사를 장만하던 노파가 항상 분주하게 들락거리던 부엌문도 그날 밤은 굳게 닫혀 있었다. 개도 기르지 않는 그 집은, 폐가처럼 괴괴할* 뿐이었다. 다소 과장되게 인기척을 냈으나 아무런 반응도 없었다. 나중엔 마당 가운데로 돌팔매질까지 하였으나, 정적만 가득한 그 집에 사람이 없다는 것만 알아냈을 뿐이었다. 삼례로 연결되어 있던 모든 상념들이 내 머릿속에서 깡그리 없어져 버린 듯한 절망으로 나는 떨기 시작했다. 나는 눈을 감아 버렸다. 그 순간 발아래를 굽어보기조차 두려운 낭떠러지 위에 서 있는 것 같았다. 삽시간에 독수리가 되지 않는다면, 그 낭떠러지 위에서 절망을 수습할 수 없을 것 같았다.

이제 삼례는 내게서 영원히 떠나 버린 것이었다. 영업 중인 것을 광고하기 위해 무심히 내거는 선술집의 등불 하나가 내겐 희망과 절망의 경계를 삼엄하게 가름해 주는 표적인 것을 그때서야 깨

*괴괴할 : 쓸쓸한 느낌이 들 정도로 아주 고요할.

달았다. 그러나 내가 그것을 깨달았을 땐, 언제나 그랬듯이 이미 등불은 없었다. 어머니와 나, 그리고 아버지와 나, 삼례와 나로부터 연결되어 있던 모든 것들은 사소한 것과 그렇지 않았던 것을 막론하고 그렇게 꺼져 버린 등불처럼 결말이 날 것 같았다.

나는 낭떠러지 위에서 단 한 걸음도 옮겨 놓지 못한 채 떨고 있었다. 밟고 있는 흙이 아래로 허물어지고 있었다. 날지 않는다면 수십 미터 아래로 곤두박여 박살이 나고 말 것이었다.

나는 급작스러운 갈증을 느꼈고 나도 모르는 사이에 눈을 퍼먹기 시작했다. 하얀 박꽃 송이 같은 눈덩이를 얼마나 먹었을까. 배가 불러, 털썩 눈 위에 주저앉았다. 나는 낭떠러지 위에 있지도 않았고, 뱃구레*가 박덩이처럼 불러 왔으므로 독수리로 변신하는데 실패할 수밖에 없었다. 그런데 삼례를 찾아낼 수 있는 단서는 아직도 충분히 있었다. 내 절망은 담구멍 속에 넣어 두었던 삼례의 주소가 적힌 쪽지를 잊고 있었던 탓이었다.

집으로 돌아왔을 때 방에는 불이 켜져 있었지만, 재봉틀 돌아가는 소리는 들리지 않았다. 창범이네는 일찌감치 집으로 돌아간 것 같았다. 나는 가만히 툇마루에 걸터앉았다.

"내 잠자리 걱정은 말그라. 나하고도 구면인 옆집의 장씨를 만나 진작 양해를 구해 놨다. 그 댁 식솔들도 마침 대구로 출타 중이라 지금은 혼자 있다이, 하룻밤 잠자리쯤이야 장씨가 크게 불편해

* 뱃구레 : 사람이나 짐승의 배 속을 속되게 이르는 말.

할 것도 없제."

"모처럼 누이동생 집에 댕기러 오신 오라버니를 하룻밤인들 남의 집에 머무르시게 둘 수는 없습니더."

"지금 세상에 자네처럼 사리 분별을 촘촘하게 따지고 예법을 챙기다 보면, 숨 막혀서 지레 죽네. 크게 폐단만 안 된다면 상부상조하고 살아가는 기 서로 간에 속 편한 일이제. 어쨌든 애 아버지가 돌아오게 되었으이 두 번 다시 가문에 똥칠하는 일이 없도록 자네가 단속 잘하게. 가정의 평화란 기 따로 있겠나. 그 집에서 날마다 옹가지 깨지는 소리가 터져 나오더라도 부부 인연을 끝내지 않는 이상은, 두 번 말할 것도 없이 같은 지붕 밑에서 평생을 살아야제. 다른 사람들도 모두 그렇게들 살고 있지 않나. 소가 닭 보드키 그렇게 무심해서 되겠는가."

그때서야 나는 다시 대문께로 가서 인기척을 냈고, 그로써 두 사람의 대화는 끊어졌다. 문을 열어 준 사람은 외삼촌이었다. 외삼촌은 놀란 눈으로 막 툇마루로 올라서려는 내게 물었다.

"니 이 밤중에 어디 갔다가 인제사 들어오노?"

그러나 대답은 어머니가 대신했다.

"세영이가 요즘 들어서 몽유병을 앓고 있니더."

어머니를 흘끗 돌아보는 외삼촌의 두 눈이 휘둥그레졌다.

"몽유병이라이? 그기 무슨 소리로?"

그러나 어머니는 대수롭지 않게 응대하고 있었다.

"그기 무슨 큰병이라꼬 놀라십니껴?"

"자네 넋이 빠진 사람 아이가? 그기 큰병이 아이란 말이가?"

"나도 걱정이 돼서 읍내 의원을 찾아가 물어봤더이, 저만한 나이 때가 되면 열 중에서 대여섯은 한 번씩 앓는 병이라꼬 이구동성으로 말들 하데요."

"의원까지 찾아갔다면서 약도 안 썼단 말이가?"

"약을 안 써도 한두 달 저러다가 저절로 낫는다 캅디더."

"매제가 알면, 원망 들을 긴데?"

"걱정 마이소."

어머니가 왜 그런 엉뚱한 거짓말을 했는지 나는 알 수 없었다. 나를 두둔하기 위한 것인지도 몰랐고, 나를 비아냥거린 말 같기도 했다. 그런데 나 역시 몽유병을 앓는 것처럼 대꾸 한마디 않고 나의 소중한 공간인 도장방의 문을 열고 들어갔다. 그러나 곧장 어머니의 분부가 떨어졌다.

"세영아, 외삼촌 옆집으로 모셔 가서 잠자리 봐 드리고 오니라."

"잠자리까지 봐줄 거 없네. 엎어지면 코 닿을 자린데, 혼자서 가제."

"그럴 수는 없제요. 세영아, 퍼뜩 안 나서고 뭐 하노?"

나는 외삼촌과 집을 나섰다. 잔설이 깔린 골목길을 나서자 불빛이 환한 옆집이 바라보였다. 외삼촌이 내 어깨에다 손을 얹었다.

"세영이 니도 어리다 카지만, 마음고생이 왜 없었겠노. 몽유병도 그래서 생긴 거 아이라?"

"몽유병 앓는다 카는 말은 어무이가 택도 없이 지어낸 말이시더."

"어무이가 귀한 자식을 두고 병이 들었다꼬 엉뚱한 말을 할 택이 있나. 그거는 니가 잘 모르고 하는 소리다. 몽유병이란 기 니 같은 또래들이 자주 앓는 병이대이. 어쨌거나 아부지가 집으로 돌아오게 되었으이, 그런 쓸데없는 병도 곧 나을 기다. 아부지가 돌아오면 의원에 데리고 가서 진맥도 해줄 기다. 그 병이 아이라 카드라도 니가 언젠가 한번은 의원 다녀와야 할 처지 아이가."

이상한 것은 아버지가 집으로 돌아오게 되었다는 어른들의 은밀한 예고에도 불구하고 내 마음은 담담하기 그지없다는 사실이었다. 홀로서기에 익숙해 있던 나에겐 아버지가 돌아온다는 사실이 오히려 풀리지 않는 거대한 수수께끼와 같아서 기대나 흥분보다는 착란과 환멸을 더 가깝게 느끼고 있는 때문인지도 몰랐다. 내겐 황량한 초토*의 기억으로만 남아 있을 뿐인 아버지의 출현을 두고, 어른들은 무슨 장중한 의식이라도 치를 것처럼 흥분되어 있었지만, 내겐 그처럼 착란만 불러일으켰던 것이다. 아버지를 몹시 그리워했기 때문에 어머니를 미워할 수 있는 배반의 증거를 찾아 헤매었고 아버지의 환영을 좇아 방천둑 위를 떠돌기도 했지만,

* 초토 : 불에 탄 것처럼 황폐해진 상태를 비유적으로 이르는 말.

실상 아버지가 집으로 돌아오면, 언제 어디서 무엇을 어떻게 하겠다는 화사한 꿈이 나에겐 없었다. 내게 아버지란 그처럼 허상에 불과했다는 것을 비로소 깨달았다. 그래서 기쁘기보다는 오히려 두려웠고, 기대보다는 모호하고 혼란스러울 뿐이었다.

마당 가의 잔설이 밟혀 부서지는 소리를 듣고 있던 옆집 남자가 먼저 문을 열었다. 방 안에는 이미 조촐한 술상 하나가 휑뎅그렁하게 놓여 있었다. 두 사람은 수다스럽게 긴 인사말을 나눈 뒤, 술상을 가운데 놓고 마주 앉았다. 외삼촌으로부터 돌아가도 좋다는 분부가 떨어지지 않았으므로 나는 술상에서 멀리 떨어진 바람벽 아래로 가서 꿇어앉았다. 옆집 남자는 소반 위의 주전자를 들어 외삼촌 앞에 놓인 술잔에다 막걸리를 가득 채웠다. 그 술잔을 건네받은 외삼촌이 느닷없이 나에게 손짓하였다.

"세영아, 이리 썩 댕겨 앉그라."

소스라친 나는 얼떨결에 술상 앞으로 당겨 앉았다. 외삼촌은 나 아닌, 옆집 남자에게 들으라는 듯이 말했다.

"세영이 니도 어엿한 너그 집 장손이다. 그렇다면 너그 아부지를 대신해서 외삼촌하고 합석을 한다 캐도 조금도 손색이 없다. 내가 마시기 전에 니 먼저 마시는 흉내라도 내그라."

느닷없이 떨어진 외삼촌의 분부에 나는 당황하고 말았다. 쥐구멍이라도 있다면 머리부터 처박고 싶은 심정으로 와락 바람벽 아래로 물러앉고 말았다. 그러나 사태는 그렇게 간단하지 않았다. 이번엔 옆집 남자까지 가세하여 나를 부추기기 시작했다. 막무가내인 두 사람을 뿌리칠 재주가 없었던 나는, 드디어 외삼촌이 내밀고 있는 술잔에 입을 가져가 쪼록쪼록 술잔을 빨기 시작해서 단숨에 반이 넘게 축내 버렸다. 진작부터 호기심을 갖고 있긴 했지만 감히 접근할 수 없었던 술을 그날 밤 나는 난생처음으로 마셨다.

드디어 외삼촌으로부터 돌아가도 좋다는 허락이 떨어졌다. 허둥지둥 밖으로 나서자, 툇마루 아래에서 나를 기다리고 있던 누룽지가 뒤따라 나섰다. 이날 밤, 처음 술을 마신 이상 나는 이대로 곧장 집으로 돌아갈 수 없다는 충동을 느꼈다. 나는 고삐 풀린 망아지처럼 마을 앞뒤의 들녘을 무작정 배회하기 시작했다. 하늘엔 달이 떠 있었고, 사위는 언젠가처럼 소리가 눈으로 보일 정도로 고요했다. 누룽지가 네 발로 잔설을 사각사각 튀기며 뒤따라오는 소리가 명료했다.

나는 어느새 방천둑 위에 당도해 있었다. 방천둑의 북쪽 벼랑 끝에 외롭게 서 있는 자작나무 한 그루가 바라보였다. 눈처럼 하얀 껍질을 가지고 있는 자작나무는 미루나무처럼 한 해마다 눈에 띄도록 무럭무럭 자라나지는 않았으나, 언제나 벼랑 끝에 꿇어앉은 모습으로 단호하게 서 있었다. 그렇게 단호한 모습으로 서 있는 것은 자작나무뿐만 아니었다. 마을 어귀에 있는 느티나무와 봇도랑의 둑을 따라 띄엄띄엄 늘어선 미루나무들도 겨울의 삭풍을 견디며 버텨 나가기는 마찬가지였다.

그러나 오래도록 내 시선을 끌지 못했던 꿇어앉은 자작나무 한 그루가 그곳에 서 있었다는 사실이 신기했다. 언젠가 마을 사람들이 그 나무의 밑둥치에 구멍을 내고 깔때기를 꽂아 수액을 받아 가곤 하였다. 그것이 뇌리에 떠오르는 순간, 나는 아랫배의 방광이 터져 나갈 듯 팽창되어 있다는 것을 깨달았다. 배꼽노리를 손가락으로 누르면, 오줌이 저절로 흘러나올 것 같았다. 나는 바지 단추를 끌러 그것을 꺼낸 다음, 자작나무 그루터기를 조준하고 시원스럽게 방뇨를 한 뒤 바지를 추슬러 가다듬었다. 그리고 두 손을 깔때기처럼 만들어 입에 댄 다음, 마을 쪽을 향해 목청껏 소리 질렀다.

"이 새끼들아, 우리 아부지가 인제 온다 카이."

아버지가 집으로 돌아오게 되었다는 사실보다 나도 욕을 할 수 있게 되었다는 것을 사람들이 알게 되기를 바라면서 가슴이 터져라 하고 내지른 소리였다. 몇 번인가 연거푸 소리를 지르고 난 다음에야 배 속이 허전해지면서 추위가 느껴지기 시작했다.

집으로 돌아왔을 때, 어머니는 호영이를 안고 곤히 잠들어 있었다. 창범이네가 혼자 재봉틀을 돌리고 있다가 한밤중까지 쏘다닌 나를 꾸짖었다. 창범이네는 호영이에게 입힐 옷을 마름질하고 있었다. 나는 도장방으로 들어가 몸을 뉘었다. 피곤이 뼛속까지 스며드는 것이 선명하게 느껴졌다. 살점 속으로 아지랑이 무늬 같은 피곤이 저며 드는 그토록 달콤한 잠을 자 보기도 그날 밤이 처음처럼 생각되었다.

이튿날부터 어머니는 또다시 아버지를 맞이할 준비에 골똘하기 시작했다. 어머니가 처음으로 시도한 것은 안방의 벽지를 새로 바르는 일이었다. 창범이네와 읍내로 나갔던 어머니는 엷은 분홍색 바탕에 민들레 꽃잎들이 연쇄적으로 박혀 있는 벽지를 사 들고 돌아왔다. 두 여자는 그 벽지를 머리에 이고 마을 한길 한가운데를 도도한 걸음으로 가로질러 집에 당도한 것이었다.

도배는 이튿날부터 시작되었다. 내가 벽지에 골고루 풀칠해 주면, 어머니는 호영이를 업은 채 풀 먹은 벽지의 양 귀퉁이를 들고 누렇게 변색된 헌 벽지 위를 덧발라 나가는 작업이었다. 방 안은 시큼한 풀 비린내로 가득 찼고, 어머니가 허리를 굽힐 때마다 압박감을 느낀 호영이는 칭얼거렸다.

헌 벽지는 오랫동안 방치되어 왔던 먼지와 땟국, 그리고 그을음까지 묻어 검회색을 띠고 있었다. 그 위로 새로운 벽지가 한 장 한 장 덧씌워질 때마다, 방 안은 햇살이 비치는 물속처럼 점점 밝아졌다. 그러는 중에 풀물에 젖은 벽지를 서투르게 다루다가 망가뜨린 적도 많았다. 마을에는 이런 궂은일을 도맡아 해 주는 도배공이 있었지만, 어머니에겐 남의 일손을 빌릴 생각은 전혀 없어 보였다. 그래서 하루 동안 바르고 난 뒤에도 새로운 벽지는 태반이나 남아 있었다.

그러나 담장을 고치는 일만은 남의 일손을 빌려야 했다. 내가 옆집 남자를 찾아간 것은 그 때문이었다. 정미소를 찾아갔을 때, 그는 일꾼들이 쓰는 봉놋방*에서 화투를 치고 있었다. 내가 찾아왔다는 낌새를 알아챈 그는 고무신을 끌고 정미소 문 앞까지 걸어 나왔다.

"이 추운데 니가 무슨 일로 찾아왔노?"

"어무이가 우리 집 담장 고쳐 줄 일꾼을 알아봐 달라 하시데요."

우리는 누가 먼저랄 것도 없이 햇살이 잘 드는 정미소 모퉁이 쪽으로 비켜 섰다.

"너그 어무이가 내한테 가서 부탁하라 카시드나?"

"예."

옆집 남자는 바지 주머니에서 담배를 꺼내 입에 물었다. 문득 그의 표정이 지난날처럼 호의적이지 않다는 것을 깨달았지만, 나는 오만하고 무뚝뚝한 얼굴로 서 있었다. 옆집 남자는 꺼낸 담배에 불을 댕겨 연기를 두어 모금 빨아들이는가 했는데, 금방 아래로 떨구어 발로 비벼 꺼 버렸다. 시간이 흘러갈수록 탐탁잖아하는 기색이 얼굴 전체로 선명하게 번지고 있었다. 항상 그랬듯이 팔짱을 끼고 정미소 앞의 한길을 물끄러미 바라보고 있던 그는 침울한 목소리로 중얼거렸다.

"며칠 지나지 않아 너그 아부지가 집으로 돌아오실 긴데…… 돌아오시면 그런 일이야 너그 아부지가 척척 알아서 처리하실 긴

* 봉놋방 : 여러 사람이 함께 묵을 수 있는 큰 방.

데, 나를 왜 찾는지 모를 일이대이."

우리 집에 관한 일인 이상, 옆집 남자가 그처럼 개운찮아하는 반응을 보이긴 처음이었다. 어머니가 보여 준 냉담한 반응이나 수모에 가까운 무관심에도 불구하고, 그는 허세 섞인 넉살까지 동원해서 우리를 친근하게 대하려고 애써 왔었다. 어머니가 냉담해질수록 막무가내로 고충을 덜어 주는 일을 두려워한 적이 없었다. 더불어 그는 아버지가 집으로 돌아오지 못하고 있는 것을 가장 안타깝게 여겨 온 유일한 사람이었고, 어머니의 스산한 속내를 마음속으로부터 동정해 왔던 장본인이었다. 그런 그가 드디어 아버지를 헐뜯고 있었다.

"니한테 이런 말 해서 타박 들을지는 모르겠지만, 객지에 나가서 떠돌이 생활로 지내던 사람이 설혹 집으로 돌아온다 캐서 지버릇 개한테 던져 주겠나. 또 무슨 사단을 벌여 가정을 시끄럽게 만들지 모르제…… 니한테는 섭섭하게 들리겠지만, 너그 아부지가 발소리 크게 울려 가며 돌아올 처지는 아이란 걸 알고 있는지 모르겠다. 길안에 살고 있는 너그 외삼촌한테 너그 아부지 거처를 알려 준 사람이 너그 어무이라?"

"그거는 잘 모르겠습니더."

"참, 이상한 일이대이. 6년 동안이나 집에는 한마디 연락도 없이 타관으로 싸돌아댕기면서 제멋대로 살던 사람을 왜 불러들이는지 알 수 없대이. 이기 뭔가 잘못된 기라. 너그 외삼촌이 우째 알았는지 참말로 모르겠나?"

"지는 잘 모르겠습니더."

그것보다 그의 태도가 돌변한 까닭을 알 수 없었다. 내가 어머니를 증오했던 것처럼 그도 엉뚱하게 아버지에 대한 증오를 키우고 있었던 것일까. 그렇다면, 그동안 어머니와 나에게 보여 주었던 호의와 배려는 어디서 비롯되었던 것일까.

나는 옆집 남자의 대답을 기다릴 것도 없이 정미소 앞을 벗어나 한길로 나서고 말았다. 뒷덜미가 걷어차인 듯 까닭 없이 화끈거렸다. 뿌옇게 눈앞이 흐려 왔다. 가슴이 뻥 뚫린 것 같았고, 공연히 죄책감 같은 것이 느껴졌다. 눈물이 홍건히 괴었다가 뜨겁게 볼을 타고 송진처럼 흘러내렸다. 물론 그의 냉담했던 대답을 그대로 전달하지는 않았지만, 거절당했다는 얘기를 귀담아듣던 어머니의 태도 역시 이해할 수 없는 것이 많았다. 어머니의 얼굴빛이 변하는 것을 발견할 수 없었고, 비난도 하지 않았다. 당연히 그러려니 하는 눈치였다. 대신 창범이네가 나서서 막일꾼을 수소문하고 다녀야 했다.

담장을 보수하는 일이 시작되면서 아버지를 맞이할 준비로 우리 집은 어수선해졌다. 그런 와중에서도 나는 옆집 남자가 무심코 흘렸던 한마디를 되씹어 보았다. 살붙이들끼리였는데도 불구하고 어머니와는 오래된 미움이라도 있는 사이처럼 단호하게 연락을 끊고 지내던 외삼촌에게 아버지의 거처를 알리고, 그 아버지를 집으로까지 불러들이게 만든 파격적인 생각을 짜낸 장본인은 도대체 누구일까. 그 사람을 어머니라고 하기에는 어머니가 가진 현실적 단서들이 너무나 빈약했다.

어머니가 6년이란 긴 세월 동안 고통이 오히려 황홀스러웠을 만치 아버지를 기다려 온 것은 사실이었다. 그러나 그 기다림은 아버지가 자신의 삶을 망쳐 가는 데 걸리는 시간을 지켜보는 것에 불과했다는 것을 가장 잘 알고 있는 사람은 바로 나였다.

그러나 무덤 속에서 꺼낸 토기의 때깔로 지난 사람들의 삶의 무늬들을 손색 없이 유추해 내는 어른들의 지혜와, 정곡을 찌르는 추리력 같은 것이 내겐 없었다. 조팝나무에 싹이 트는 계절은 언제이며, 가슴을 데워 몸을 비틀어 호들갑스러운 소리를 내는 버들 호드기*는 언제 꺾는 것일까, 그런 따위에만 관심을 갖고 있던 내가 그 장본인을 찾아낼 자질을 갖추고 있지는 못했다. 그래서 그것은 눈밭 위에 찍혀 있는 이름 모를 사람의 발자국과 같은 것이었다. 엄연히 존재하고 있었으나 누구의 것인지는 알 수 없는.

밤이 되면, 어머니는 요사이 와서 갑자기 앙탈이 심해진 호영이를 업은 채로 재봉틀 앞에 앉았다. 아버지의 옷을 짓는 일만은 창범이네에게 맡겨 두고 싶지 않았기 때문이었다. 심사가 뒤틀린 창범이네가 딴죽을 걸고 들어도 전혀 귀담아들으려 하지 않았다. 오랜만에 장독 뚜껑을 열어 해바라기를 시키고 장맛을 보아 짜고 싱

* 버들 호드기 : 물오른 버들가지의 통껍질로 만든 피리.

거운 것을 꼼꼼하게 점검하였다. 그러나 어머니가 기다리는 조바심의 부피만치 아버지는 진작 모습을 드러내지 않고 있었다. 그런데도 어머니는 나에게 초조한 마음을 내색하지 않았다.

어머니의 태연을 가장한 모습은 저수지의 수면 위를 유유히 떠다니는 물오리들의 모습과 비교할 수 있었다. 물오리들이 헤엄치는 모습이 겉으로 보기엔 수면 위를 미끄러지듯 세련되어 보일지는 모르지만, 겉으로 드러난 그런 평화로운 모습과는 딴판으로 물속에 담가 둔 물갈퀴만은 쉬지 않고 버둥거려야 할 것이다.

어머니의 남모를 속앓이는 옆집 남자도 앓고 있는 것처럼 보였다. 허물어진 담장을 고치고 그 위로 이엉까지 올려 쌓기 시작하자, 우리 집 툇마루에 올라서면 그 안마당까지도 훤히 들여다보이던 옆집의 내밀한 풍경이 야금야금 시야에서 가려지기 시작했다. 아버지만 집으로 돌아오면, 그나마 마지막 남은 이웃과도 완벽하게 인연을 끊고 살아도 문제없다는 어머니의 의지가 그 담장의 높이에서 결연하게 드러나고 있었다.

옆집 남자가 그의 집 앞에서 내가 나타나기를 기다리고 있었던 것은, 담장 손질이 끝나 갈 무렵이었다. 그는 나를 자기 집 안방으로 불러 앉혔다.

"내가 이런 말을 물어서 될랑가 모르겠다마는…… 너그 아부지 언제 오신다 카드노?"

"잘 모르겠심더."

"니로 말하면 엄연한 너그 집 장손인데, 모른다 카는 기 말이 되나? 너그 어무이가 니를 불러 앉히고 알아듣도록 세세하게 이바구를 안 했을 택이 없을 긴데?"

"어무이한테 세세한 이야기를 못 들었심더."

옆집 남자는 의구심이 가득한 눈으로 나를 노려보았다. 그 눈초리에는 지금까지는 전혀 볼 수 없었던 적의까지 담겨 있었다. 나는 벽에 걸려 있는 액자에 빼곡하게 끼워져 있는 가족들의 흑백사진을 물끄러미 쳐다보는 것으로 그의 가파른 시선을 애써 외면하고 있었다. 그러나 나의 그런 방만한 태도가 애초부터 불편했던 옆집 남자의 심기를 더욱 부채질한 것이 틀림없었다. 그는 목소리를 가다듬으며 다그치고 들었다.

"너그 어무이 성품이 매정하다 카는 거는 내가 진작부터 알고 있었지만, 자식에게 해야 할 도리까지 저버리는 사람인 줄은 몰랐다. 너그 아부지가 돌아오게 된 사실을 니한테 귀띔 안 했다 카면, 부모로서 할 도리를 저버린 처사가 아이가."

액자 속에 담겨 있는 많은 인물들은, 수척한 몸매에도 불구하고 누가 매질을 해 가며 다그친 것처럼 어색한 웃음들을 짓고 있었다. 그리고 단체 사진의 뒷줄에 서 있는 사람들은 한결같이 앞줄에 앉아 있는 사람들의 어깨에 손을 얹어 놓고 있었다. 가족이나 혹은 친척 간의 우의가 돈독하다는 것을 아슬아슬하게 유지하려는 노력이 역력하게 느껴지도록 만들어 촬영한 사진들처럼 보였다. 그런데 저토록 웃고 있는 가족들은 모두 어디에 있는 것일까.

특히 옆집 남자의 아내로 보이는 여자를 나는 몇 번인가 본 기억은 있었지만, 스쳐보기만 했을 뿐 정면으로 마주치거나 얘기를 나눠 본 기억은 없었다. 물론 어머니와도 소원한 관계를 유지했던 여자였다. 나는 저토록 어색한 웃음을 짓는 사람들과는 인연을 갖지 않는 별세계로 진입하는 찰나에 있는지도 몰랐다.

"너그 외삼촌이 왔을 때 물어볼걸, 내가 잘못했다. 남의 제사에 감 놔라 배 놔라, 굴러간다 주워 놔라, 한다는 기 무불간섭*이라 카는 긴데, 그렇게 되면 너그 외삼촌이 혹시 나를 오해할 수도 있겠다 싶어서 입술이 간질간질하는 거를 꾹 참고 있었던 기 잘못이었다는 기 지금 와서 분명해져 뿌렀다마는, 그기 무슨 큰 비밀이라꼬 장손인 니한테조차 말 안 하고 있는지 그 속내를 모르겠다. 니 참말로 모르나? 정 그렇다면, 나도 방법이 없지는 않다."

옆집 남자가 일깨워 준 그 방법이라는 것을 나는 어렴풋이 짐작하고 있었다. 그것은 어머니와 거의 생활을 같이하고 있는 창범이네를 설득하여 아버지에 대한 정보를 얻어 내려는 속셈이었다. 그러나 내겐 어설프게 보이는 그런 계략을 짜낸다 하더라도 별다른 효험이 있을 것 같지는 않았다. 하지만 그 한마디가 내 호기심을 자극하기에는 충분했다. 왜냐하면, 아버지가 언제 나타날 것인지 창자가 뒤틀릴 정도로 궁금한 것은 나도 마찬가지였기 때문이었

* 무불간섭 : 함부로 참견하고 간섭하지 않는 일이 없음.

다. 옆집 남자를 주목한다면, 손쉽게 내막을 알 수 있겠다는 기대는 나를 흥분시켰다.

나를 잡고 집요하게 파고들어 보았자 별 소득이 없다는 것을 알아챈 옆집 남자는 나를 놓아주었고, 그로부터 놓여난 나는 창범이네를 관찰하기 시작했다.

그날 밤 창범이네는 자정을 넘기고서야 명주 목도리로 목덜미를 감고 우리 집을 나섰다. 다행스럽게도 창범이네가 자리를 털고 일어날 때는 피곤에 지친 어머니가 호영이를 업은 채로 아랫목에 엎드려 잠들어 있었다. 곤하게 잠든 어머니를 깨우기 안쓰러웠던 창범이네가 도장방 문을 살짝 열고 내게 나지막한 목소리로 작별 인사를 했다. 잠시 후 시치미를 잡아떼고 있던 나는 도장방을 나와 부엌으로 나섰다. 그리고 막 골목 밖으로 나서는 창범이네를 뒤쫓았다. 이제 우리 집 툇마루에선 볼 수 없게 된 옆집도 불이 꺼져 있었다.

골목길로 들어선 창범이네는 종종걸음으로 한길 쪽으로 걸어갔다. 그 여자의 집은 한길을 건너가서 바라보이는 긴 골목길 안쪽에 자리 잡고 있었다. 그러나 창범이네는 한길과 마주치는 공터 앞에서 별안간 걸음을 멈추었다. 그리고 뒤집어쓴 수건을 살짝 들치고 주위를 돌아보았다. 사람의 왕래가 부산하던 한길 근처라 하더라도 그 시각에 인적이 있을 턱이 없었다.

창범이네가 왔던 길로 다시 발길을 돌린 것은 그때였다. 그리고 남의 집 두엄 더미 뒤에 몸을 숨긴 나를 전혀 눈치 채지 못하고 우리 집 쪽을 겨냥하고 종종걸음을 치기 시작했다. 그러나 내가 짐작했던 대로 창범이네가 찾아간 곳은 옆집이었다. 하지만 옆집으로 들어가는 방법만큼은 내가 예측하지 못한 것이었다.

창범이네는 그 집 앞에 이르자, 또다시 걸음을 멈추고 촉각을 곤두세워 집 안팎의 기척을 살피기 시작했다. 그리고 까치걸음으로 얄기죽얄기죽* 걸어서 툇마루로 올라선 다음, 서둘러 신발을 챙겨 치마 속에 감추었다.

창범이네가 신발까지 챙겨 들고 방으로 들어갔는데도 안에서 불이 켜지지 않았던 것은 물론이었고, 도대체 알은체하는 사람의 기척이 없었다. 그러고 보면, 방문도 잠그지 않았다는 것이 판명된 셈이었다. 사람이 없는 빈집으로 들어간 것일까. 그런 의심이 날 정도로 집 안에서는 전혀 기척을 느낄 수 없었다.

더욱더 수상한 것은 툇마루 밑을 지키고 있던 누룽지의 태도였다. 창범이네가 뜰에서부터 툇마루 위로 올라설 때까지 짖지 않은 것은 물론이었고, 알은체조차 않던 누룽지가 창범이네가 문을 열고 연기처럼 방 안으로 사라지는 순간, 툇마루 아래로부터 기어 나와 꼬리를 몇 번 살랑살랑 흔들다간 다시 툇마루 아래로 기어들었다.

어머니를 사이에 두고 이루어지는 그들의 은밀한 만남이 그토

* 얄기죽얄기죽 : 허리를 이리저리 느리게 조금씩 자꾸 움직이는 모양.

록 비밀스러워야 하는 것인지 알 수 없는 일이었다.

창범이네가 방으로 들어가서 한동안이 지났는데도 역시 불은 켜지지 않았고, 수작을 주고받는 소리도 없었다. 그러나 뭔가 몹시 서두르는 듯한 사람의 움직임을 예상할 수 있는 소리가 들려오기 시작했다.

나는 툇마루 아래로 몸을 숨기고 앉아 누룽지의 목덜미를 힘껏 끌어안았다. 내 정수리와 맞닿아 있는 툇마루의 널빤지가 삐그덕거리기 시작했다. 뿐만 아니었다. 방 문고리도 딸그닥거리며 흔들리고 있는 것 같았다. 그렇다면, 툇마루뿐만 아니라 이 집 전체가 흔들리고 있을지도 모른다는 위기감이 뇌리를 스쳤다.

그 순간, 나는 몸을 날리듯 잽싸게 툇마루 밑에서 기어 나왔다. 그리고 집 전체의 모습을 바라볼 수 있을 만큼 뜰 저쪽으로 멀찌감치 비켜나 뒤돌아보았다. 그때 방 안에서 두런두런 말소리가 들려오기 시작했다. 나는 다시 툇마루 아래로 기어들었다.

"내가 이런 쓸데없는 간섭을 해서 될랑가 모르겠지만, 오늘 세영이를 만난 김에 붙잡고 물어봐도 그 자슥아는 지 애비가 언제 집으로 돌아오는지도 모르고 있데?"

"그런 일을 세상 물정이 어두운 아들한테까지 세세하게 말하겠습니꺼."

"세상 물정에 밝은 니는 세세한 내막을 알고 있겠네?"

"그 새침데기가 지 혼자만 알고 있지, 내한테 말하겠습니꺼."

"그기 무슨 큰 비밀이라꼬 니한테까지 한마디도 없다 말이가?"

"자식새끼한테도 말 않는 일을 내한테 말하겠습니꺼. 궁금하거든 이녁*이 직접 가서 물어보든가, 안 그러면 고만 잊어뿌이소. 세영이 아부지가 돌아오면 왔지, 이녁이 그렇게 기를 쓰고 오는 날짜를 손꼽아서 얻다 쓸라 캅니꺼. 여편네도 있고 자식새끼도 있는데 이녁이 읍내까지 마중이라도 나갈라 캅니꺼?"

"내가 마중까지 나갈 건 없지만, 명색이 이웃사촌인데 알 건 알아야 속 시원할 기 아이가. 내가 그 사람하고는 죽마고우 아이가."

"그런 엉뚱한 말 하지 마소. 내가 이녁의 속셈을 모르는 줄 아니꺼?"

"그기 무슨 귀신 씻나락 까먹는 소리로?"

"온 동네에 소문이 파다한데 시치미 잡아떼는 소리는 하지도 마소. 아이 땐 굴뚝에서 연기 나는 거 봤습니꺼? 근본 없는 일이 벌어진 걸 본 일이 있으면 있다 카이소. 속 시원하게 털어놓을 사람은 내가 아이고 바로 이녁입니더."

"길안댁이 서방 한 놈 잘못 둔 죄로 몇 년 동안이나 생과부로 살아가는 꼴을 바로 곁에서 바라보기가 안쓰러워서, 이웃 간에 돌봐줄 일이 있으면 남의 눈총 염두에 두지 않고 나섰더이, 이런 억울한 소리 듣게 되었다는 거만 알고 있그라."

"억울하기는 뭐가 억울합니꺼. 아이, 손 저리 치우소."

* 이녁 : 상대편을 낮추어 부르는 말.

툇마루 아래이긴 했지만, 나는 두 사람이 방 안에서 나누는 대화를 한마디도 빠뜨리지 않고 죄다 챙겨 들었다. 그럴 수 있었던 것은 창범이네가 가는귀가 먹어 두 사람이 그들 자신도 모르게 목청을 돋운 때문이었다.

그러나 가장 실망스러웠던 것은, 내 앞에선 나를 우리 집 장손이라고 치켜세우기를 즐겨했던 옆집 남자가 창범이네와 얘기를 나눌 적에는 '그 자슥아'로 부르고 있다는 것이었다. 더욱이나 길안댁이란 택호*가 있음에도 불구하고 창범이네까지 어머니를 새침데기로 부르고 있다는 것에 배신감조차 느꼈다.

이튿날도 창범이네는 아침 일찍 우리 집으로 달려왔다. 그러나 지난밤의 흔적 따위는 상상조차 할 수 없으리만큼 말짱한 얼굴이었다.

그로부터 사흘이 지난 날 오후, 어머니는 옷을 갈아입기 시작했다. 그날은 즐겨 입던 소복이 아닌 물색 옷이었다. 옷매무새를 여러 번 살펴 입는 어머니의 손놀림에서 나는 드디어 아버지의 그림자를 읽었다. 그리고 정갈하게 씻어서 툇마루에 가지런하게 놓아 해바라기를 시켰던 흰 고무신을 신으며, 항상 그래 왔듯이 나를 불러 앞장세웠다.

집 앞 골목길을 벗어난 곳에 이르러서야 어머니의 나지막한 한

* 택호 : 집주인의 벼슬 이름이나, 처가나 본인의 고향 이름 따위를 붙여서 그 집을 부르는 말.

마디가 귓전에 들려왔다.

"오늘이 너그 아부지가 오시는 날이다."

그러고는 읍내에 당도할 때까지 더 이상 입을 열지 않았다.

어머니는 눈길 속이기 때문에 더욱 하얗게 돋보이는 고무신이 진흙에 더렵혀지지 않도록 마른자리를 골라 걸음을 옮겨 놓는 일에 열중하고 있었다.

그런데 이상하게 어머니에게 뭔가를 고백하고 싶다는 욕구가 가슴을 치받기 시작했다. 전혀 준비되지 않았던 그런 욕구가 어디서 비롯되었는지 알 수 없었다. 사흘 전에 훔쳐보았던 옆집 남자와 창범이네의 일을 이야기할 수도 있었고, 누룽지가 수탉의 목을 물어 죽였다고 고백할 수도 있었다. 심지어는 삼례의 대구 주소를 담벼락 구멍에 숨겨 놓았다는 사실도 아낌없이 털어놓을 결심까지 하게 되었다. 그러나 마을을 나서서 읍내에 당도할 때까지 조금의 틈도 없이 침묵했던 어머니 때문에 말을 할 수 없었다.

우리 마을에서 읍내로 들어서는 입구에 자리 잡은 건어물 가게 앞에서 어머니는 드디어 발걸음을 멈추었다. 그리고 살가죽에 장바닥 먼지가 뽀얗게 앉은 홍어 한 마리를 샀다. 홍어에 묻은 먼지를 알뜰하게 털어 낸 다음, 가지고 간 보자기에 싸 들었다. 그리고 찾아간 곳이 읍내 서쪽 끝에 자리 잡은 정류장이었다. 우리는 그 썰렁한 정류장에서 읍내로 들어오는 마지막 버스가 도착하기를 기다렸다.

읍내 한가운데를 관통하고 있는 한길에는 희붐한 저녁 이내가 깔리고 있었다. 춥고 을씨년스러웠다. 우리 두 사람의 시선은 오래전부터 마지막 버스가 모습을 드러낼 한길의 동쪽에 고정되어 있었다. 추위에 시달림을 받고 있던 나는 조금씩 떨기 시작했다.

아버지를 만나면, 지금은 바지 주머니에 찔러 넣고 있는 내 두 손을 어떻게 할까. 뒷짐을 질까, 아니면 배꼽노리 아래로 늘어뜨리고 서 있어야 하는 것일까, 아니면 허리춤에다 꽂고 있을까. 아버지를 만나는 의식을 치르는 일 중에서 가장 거북한 것이 바로 두 손이라고 생각하며 나는 안절부절못했다. 그러나 움직이지도 않고 서 있는 어머니의 양 볼에는 희미하게 홍조가 피어나고 있었다. 버스가 다가오는 땅울림을 어머니는 벌써 듣고 있었던 것이다.

한길 저쪽으로부터 색바랜 버스 한 대가 내키지 않는 듯 느릿느릿 다가오고 있었다. 정류장에 도착한 버스의 차창 속에는 열 명 남짓한 승객들이 타고 있었다. 하차하는 승객들에 끼여 아버지가 내린 것 같았다. 어머니는 떨리는 손으로 내 등을 밀며 침착한 목소리로 말했다.

"저분이 너그 아부지다. 가서 인사 올리그라."

어머니는 버스에서 내려서고 있는 승객 중의 한 사람을 손짓으로 가리켰다. 머뭇거리고 있는 내게 어머니는 다시 한 번 다그쳤다. 나는 이상하게 내키지 않는 일이 바로 코앞에 닥친 것을 깨달았다. 어머니가 해야 할 일을 내가 대신한 적은 헤아릴 수 없을 만큼 많았다. 그런데 이 순간, 아버지에게 인사드리는 일만은 너무나 거북해서 싫었다.

그렇지만 어머니의 분부였으므로 나는 어머니가 가리켜 준 한 사내 앞으로 다가갔다. 그리고 신사복을 말쑥하게 차려입은 그에게 말없이 고개를 숙였다. 갑자기 코앞으로 바짝 다가서며 꾸벅 허리를 굽히는 나를 발견한 아버지는 순간 당황하는 눈치가 역력했다. 그러나 저만치 거리를 두고 서 있는 어머니를 발견한 뒤 떠나갔던 눈길은 다시 내게로 돌아왔다.

"세영이로구나."

아버지는 그렇게 말하고 손으로 내 정수리를 한 번 쓰다듬었다. 바로 그 순간, 나는 왠지 눈뿌리가 시큰하면서 눈물이 쑥 터져 나오는 것을 느꼈다. 아버지는 손에 들고 있던 작은 보퉁이를 내게 건네주었다. 그리고 꼼짝도 않고 서 있는 어머니에게 다가가 몇 마디 주고받았다. 아버지가 다시 내게로 다가서며 말했다.

"가자."

아버지의 보퉁이를 건네받은 내가 맨앞에 서고 네댓 발짝 뒤떨어져서 아버지가 걷고 있었고, 그다음 대여섯 발짝 뒤를 어머니가 따라오는 이상한 구도의 일렬 종대 행진은 그때부터 시작되었다.

2월 하순인데도 눈이 내리고 있었다. 해는 벌써 떨어지고 난 뒤였으나 쌓인 눈으로 사방은 훤하게 밝았고, 춥던 날씨도 포근해졌다. 평소에는 느낄 수 없었던 이상한 허기증으로 입 안이 메말랐

던 나는, 내리는 눈송이를 혓바닥을 내밀어 받아 먹곤 하였다.

혓바닥으로 내려앉는 눈송이는 가을바람에 날리는 민들레 씨앗처럼 보였다. 더욱 갈증을 느꼈던 나는 윗도리 단추를 끌렀다. 가슴 위에도 민들레 씨앗은 내려앉고 있었다. 나는 어느새 민들레와 같이 허공으로 날아가고 있었다. 나뿐이 아니었다. 내 뒤를 따라 아버지와 어머니도 나와 같이 민들레 씨앗을 타고 어디론가 날아가고 있었다.

우리 세 사람은 모두 두툼한 솜옷과 외투와 명주 목도리 따위를 미련 없이 벗어 던진 알몸이었다. 그러나 조금도 추위를 느낄 수 없었다. 따가운 햇살이 우리 세 사람의 몸을 감싸고 있었기 때문이었다.

그러나 이변이 일어났다. 따가운 햇살이 비치던 땅 위로 회색 구름이 몰려오기 시작했다. 그것과 함께 쾌적한 기류를 따라 날고 있던 우리 세 사람의 비행도 궤도를 잃고 뒤뚱거리기 시작했다. 나는 어머니의 발에 신겨 있던 유난히도 하얀 고무신 한 짝이 벗겨져 아득한 허공으로 떨어지는 것을 보았다. 아버지를 맞이할 날을 위해 준비되었던 그 하얀 고무신 한 짝이 벗겨져 달아나는 순간, 나는 소스라쳐 걸음을 멈추고 말았다.

그러나 나는 곧장 걸음을 빨리하기 시작했다. 아버지가 내 등 뒤를 바짝 뒤따르는 것이 탐탁잖았기 때문이었다. 무엇보다 아버지가 내게 말을 건넬까 봐 두려웠다. 읍내의 정류장에서 어머니의 분부를 거역할 수 없어 아버지께 인사를 올렸을 때의 당혹감을 뇌리에서 지울 수 없었다.

마을 입구에 당도할 때까지 우리 세 사람의 간격은 더 이상 좁혀지지도 않았고, 넓혀지지도 않았다. 우리는 흡사 그 간격이 좁혀지나 넓혀지나를 시험해 보기 위해 읍내에서 집까지 걸어온 사람들 같았다.

그러나 세 사람이 집에 도착했을 때, 나는 어머니의 한 손에 씀바귀 한 줌이 들려 있는 것을 발견했다. 밭두렁에 쌓인 눈 틈에 파릇파릇하게 돋아난 것을 뜯어 얼음물에 헹구어 날로 먹던 씀바귀. 어머니는 우리 두 사람 뒤를 따라오면서 밭두렁을 만나면 씀바귀를 뜯었던 모양이었다.

아버지는 불이 환하게 켜진 방으로 거리낌 없이 들어가 앉았다. 아버지가 방으로 들어가 앉은 뒤부터 어머니가 보여 주는 태도는 딴판이었다. 결혼식장으로 들어선 신부가 신랑에게 맞절을 올리듯 이마를 조아려 아버지께 재회의 인사를 올렸다. 배춧잎처럼 부푼 담청색 치마에 단이 짧은 흰저고리를 받쳐 입고 절을 올리는 어머니의 다소곳한 콧날은 고개를 숙일수록 더욱 선명하게 돋보였다.

어색한 표정을 짓는 아버지를 앉혀 두고 어머니는 서둘러 부엌으로 나갔다. 반찬은 읍내로 나서기 전에 이미 조리해 두었기 때문에 지어 놓은 밥을 데우기만 하는 일이란 오래갈 것이 없었다. 정성을 쏟아 차려진 저녁상 위에 놓인 은수저를 손에 들고 아버지는 방 윗목에 꿇어앉아 있는 나를 턱짓으로 가리키며 난데없는 한마디를 던졌다.

"세영이 사팔뜨기 눈은 아직 고치지 못했군."

귀가 따갑도록 들어 왔던 사투리가 씻은 듯 가신 그 말에 어머니는 달다 쓰다 대꾸가 없었다. 그러나 나는 화들짝 놀라고 말았다. 오랫동안 망각의 맨 가장자리에 남겨 두고 잊어 왔던 내 치부를 아버지의 한마디가 일깨워 준 때문이었다.

그랬을까. 어머니가 부엌 문설주에 걸어 두었던 말린 홍어가 가오리연으로 보였던 것은 그 때문이었을까. 성냥불에 비치는 삼례의 모습이 한 송이의 노란 두메양귀비로 보였던 것도 그 때문이었을까. 히말라야 산정에서 보았다고 믿고 있는 눈의 궁전도 그 때문이었을까. 옆집 남자가 목욕통에서 연어를 잡아 올리기를 기다렸던 것도 그 때문이었고, 정미소의 일꾼들이 회색 곰처럼 보였던 것도 그 때문이었는지 몰랐다.

아버지의 한마디는 열네 살의 나이가 가지고 있는 모든 꿈의 날개를, 누룽지가 수탉의 날개를 요절내고 말았듯이 깡그리 물어 비틀어 버리고 말았다. 나는 조용히 일어나 도장방으로 들어가 꼬부리고 누웠다. 나도 모르게 흘린 눈물이 볼을 적시고 있었다. 그리고 잠이 들었다.

잠이 깬 것은 이튿날 늦은 아침이었다. 아버지가 덮고 자는 이부자리에는 아버지와 나란히 꼬부리고 누웠다가 빠져나간 어머니의 흔적이 뚜렷하게 남아 있었다. 지난밤 정교한 의식이 치러졌을 그 이불 속에선 뭐라고 형언할 수 없는 그윽한 향기가 스며 나고 있었다.

나는 아버지가 깨어나지 않도록 발꿈치를 들고 방을 가로질러 문을 열고 툇마루로 나섰다. 고개를 드는 순간, 금방 눈뿌리가 시려 왔다. 간밤에 내린 눈으로 마을과 들녘은 온통 눈나라가 되어 있었고, 산기슭의 나무들에는 눈꽃이 때 이르게 핀 목련처럼 흐드러졌다. 뜰과 골목길과 새로 손질한 담장의 이엉 위로 눈 무더기가 누가 한 자루 쏟아 붓고 자취를 감춘 듯 소복하게 쌓여 있었다.

아버지는 눈의 궁전에서 찾아온 눈의 사자인지도 몰랐다. 우연의 일치로 보기엔 너무나 많은 눈이 내려 있었다. 그때, 나는 골목길로부터 우리 집 뜰을 가로질러 툇마루 아래에서 멈춘 외줄기 고무신 발자국을 보았다. 그러나 들어왔던 발자국이 집 밖으로 나간 흔적은 없었다. 언젠가 이엉 속에 둥지를 튼 참새들을 잡을 적에 삼례가 즐겨 사용했던 방법이었다. 분명히 있었는데 신발을 돌려 신었으므로 없었던 것처럼 자취를 감추는 그 알량한 계략은 삼례만이 알고 있다고 믿었는데, 누가 또 알고 있었을까. 아무리 눈여겨 살펴보아도 나간 사람의 발자국은 발견할 수 없었다.

그제야 내 뒤통수를 치는 것이 있었다. 목젖이 뚝 떨어질 듯 놀란 나는 맨발로 뒤뜰로 달려갔다. 그리고 나 혼자만 알고 있던 담구멍에 손을 디밀어 넣었다. 그러나 구멍 속을 휘저어 보아도 손에 만져지는 것은 아무것도 없었다. 읍내의 술집 여자가 눈썹 그리는 몽당연필로 끼적여 주었던 삼례의 주소를 적은 쪽지가 거기에는 이미 없었다.

어머니는 내 모든 것을 속속들이 알고 있었고, 심지어 읍내의 그 술집 여자를 만나고 왔다는 것조차 진작부터 눈치 채고 있었던 게 분명했다. 그리고 끝내는 아버지를 떠나기 위해 내게서 삼례를 훔쳐 간 것이었다. 우리 집으로 들어오는 것처럼 가장한 어머니의 신발 자국은 두 번 다시는 집으로 돌아오지 않겠다는 어머니의 결연한 의지를 아버지가 아닌 내게 은밀하게 귀띔한 것이었다.

아버지가 집으로 돌아온 바로 이튿날, 어머니는 어째서 그런 결심을 하게 된 것일까. 어머니의 가슴속에 6년 동안이나 간직되었던 아버지에 대한 환상이, 아침에 문을 열고 내다보았던 폭설로 말미암아 모두가 허상으로 바뀌어 버린 것을 깨달았기 때문일까. 아버지의 환상을 잡았다고 생각했을 때, 놀랍게도 그것은 벽에 어른거리는 그림자에 불과했다는 것을 깨닫게 된 것일까. 어머니의 순결한 자존심은 오히려 굴욕으로 손상되고 말았고, 슬픔에 찌들어 가면서도 담금질해 왔던 사랑의 열매도 한낱 허상이었다는 사실을 깨달았던 것일까. 그래서 어머니는 굴욕스러운 삶보다 더욱 격정적인 세상으로의 모험을 선택한 것일까.

그로써 어머니가 돌아오지 않을 것이란 확신은 명확해진 것이었지만, 나는 떠나간 어머니 때문에 절망적인 동요를 느끼지는 않았다. 아버지가 집으로 돌아올 수 있도록 하기 위해 외삼촌을 찾아갔던 삼례는 눈에 보이지 않고 있었지만 항상 어머니와 내 곁에 남아 있다는 것을 증명해 왔던 것처럼, 나 역시 그 종이쪽지에 적혀 있는 주소를 이미 외우고 있었기 때문이었다.

•••

김주영 연보

1939년	1월 26일 경상북도 청송군 진보면 월전리에서 출생.
1959년(20세)	서울 서라벌예술대학 문예창작학과 입학.
1961년(22세)	서울 서라벌예술대학 문예창작학과 졸업.
1970년(31세)	『월간 문학』 단편 「여름 사냥」이 당선.
1971년(32세)	『월간 문학』 신인상 단편 「휴면기」 당선.
1975년(36세)	창작집 『여자를 찾습니다』(한진 출판사) 출간.
1976년(37세)	장편 『목마 위의 여자』(한진 출판사), 창작집 『여름 사냥』(영풍문화사) 출간.
1977년(38세)	창작집 『도둑 견습』(범우사), 창작집 『칼과 뿌리』(열화당) 출간.
1981년(42세)	대하 소설 『객주』 (전 9권. 창작과비평사) 출간.
1982년(43세)	『문예중앙』에 「외촌장 기행」을 발표. 이 작품으로 제8회 한국 소설 문학상 수상.
1983년(44세)	창작집 『겨울새』(민음사), 『스무 해 첫날』(소설문학사) 출간.

1984년(45세) 『객주』로 제1회 유주현 문학상 수상.

1986년(47세) 장편 『천둥소리』(민음사) 출간.

1987년(48세) 장편 『활빈도』(전 3권. 중앙일보사), 창작집 『새를 찾아서』(나남 출판) 출간.

1988년(49세) 장편 『고기잡이는 갈대를 꺾지 않는다』(민음사) 출간.

1990년(51세) 장편 『어린 날의 초상』(푸른숲) 출간.

1991년(52세) 장편 『화척』(1부 3권. 문이당) 출간.

1993년(54세) 개정판 『활빈도』(전 5권. 문이당) 출간. 제25회 대한민국 문화예술상 수상.

1994년(55세) 장편 『외설 춘향전』(민음사) 출간.

1995년(56세) 『화척』(전 5권. 문이당) 완간.

1996년(57세) 장편 『고기잡이는 갈대를 꺾지 않는다』가 스페인어로 출간됨. 『화척』으로 제8회 이산 문학상 수상. 장편 『야정』(전 5권. 문학과지성사) 출간.

1998년(59세) 장편 『홍어』(문이당) 출간. 이 작품으로 제6회 대산 문학상 수상.

1999년(60세) 『홍어 깊이 읽기』(김치수 엮음, 문이당) 출간.

2000년(61세) 장편 『천둥소리』가 한국 현대 문학으로는 최초로 러시아 쿨투르 출판사에서 출간. 장편 『아라리 난장』(전 3권.

문이당) 출간. 장편 『천둥소리』(문이당) 재출간.

2001년(62세) 『김주영 중 · 단편 전집』(전 3권. 문이당) 출간, 『고기잡이는 갈대를 꺾지 않는다』를 『거울 속 여행』(문이당)으로 출간. 『아라리 난장』으로 제2회 이무영 문학상 수상.

2002년(63세) 장편 『멸치』(문이당) 출간. 이 작품으로 제5회 김동리 문학상 수상.

2003년(64세) 개정판 『객주』(전 9권)와 『객주 재미나게 읽기』(하응백 엮음, 문이당) 출간, 『거울 속 여행』을 『고기잡이는 갈대를 꺾지 않는다』(문이당)로 개정 출간. 산문집 『젖은 신발』(김영사) 출간.

2004년(65세) 산문집 『홍어, 가족의 얼굴』(랜덤하우스중앙) 출간.

2005년(66세) 현재 파라다이스 문화재단 이사장.

홍어

초판 1쇄 발행일 • 2002년 9월 16일
초판 9쇄 발행일 • 2009년 4월 30일
지은이 • 김주영
그린이 • 김세현
펴낸이 • 임성규
펴낸곳 • 문이당

등록 • 1988. 11. 5. 제 1-832호
주소 • 서울시 성북구 동소문동 4가 83 청구빌딩 3층
전화 • 928-8741~3(영) 927-4990~2(편)
팩스 • 925-5406

홈페이지 http://www.munidang.com
전자우편 webmaster@munidang.com

ISBN 89-7456-299-5 83810

값은 뒤표지에 표시되어 있습니다.